DREAMBOOKS

DREAMBOOKS★

ORIENTAL FANTASY STORY & ADVENTURE

마검왕 28

魔劍王

dream
books
드림북스

마검왕 28 비밀

초판 1쇄 인쇄 / 2016년 2월 19일
초판 1쇄 발행 / 2016년 2월 26일

지은이 / 나민채

발행인 / 오영배
책임편집 / 편집부
펴낸 곳 / (주)삼양출판사 · 드림북스

주소 / 서울시 강북구 도봉로 173
대표 전화 / 02-980-2112 팩스 / 02-983-0660
편집부 전화 / 02-980-2116 팩스 / 02-983-8201
블로그 / blog.naver.com/dreambookss

등록번호 / 제9-00046호
등록일자 / 1999년 3월 11일

ⓒ 나민채, 2016

값 8,000원

ISBN 979-11-313-0503-4 (04810) / 978-89-542-3036-0 (세트)

* 지은이와 협의하에 인지는 생략합니다.
* 잘못된 책은 구입한 곳에서 바꾸어 드립니다.

이 도서의 국립중앙도서관 출판시도서목록(CIP)은 서지정보유통지원시스템홈페이지
(http://seoji.nl.go.kr)와 국가자료공동목록시스템(http://www.nl.go.kr/kolisnet)에서
이용하실 수 있습니다. (CIP제어번호: 2016004424)

목차

魔劍王

제1장

고마워요

　눈을 뜨며 호흡을 마치는 순간, 실내를 맴돌았던 기운들이 반쯤 열린 입술 사이로 모조리 빨려 들어왔다. 그다음으로 내 시선에 따라 사물들이 하나하나 움직이기 시작했다.

　물론 깨끗한 의복이 나비처럼 너풀거리며 날아오기 이전에, 대접에 담가져 있던 물이 증기로 변하여 내 얼굴을 한바탕 훑고 지나갔다.

　이틀간 닫혀만 있던 창도 내가 몸을 일으키는 시점에 맞춰서 스르르 열렸다.

　바깥은 막바지 무더위가 기승을 부리고 있었으며, 김가

또한 오늘도 그 자리에서 볼 수 있었다. 그는 화원 입구 쪽에서 비질을 있다가 나를 발견하고 허겁지겁 달려왔다.

"나리. 기침하셨습니까."

그가 입고 있는 옷이 속살을 비출 정도로 땀에 푹 젖어 있었다. 그렇듯이 몇 음절 내뱉었을 뿐인데, 입술 근육이 고작 몇 번 움직였다고 몇 줄기 땀이 뺨을 타고 주르륵 흘렀다.

그런 그의 손등 위로 창 안에서부터 날아온 천 하나가 천천히 내려앉았다. 김가는 멀뚱한 눈으로 그것을 바라보더니, 황급히 고개를 들었다.

"나, 나리."

"그걸로 땀을 닦거라. 열병(熱病)들 해가 중천에 있음이다. 남은 일은 뙤약볕을 피한 다음에 해도 될 걸, 양문위가 아직도 너희들을 못살게 구느냐?"

"아이고. 아니옵니다. 그저 소인이 좋아서 하는 일입니다. 나리."

"네 아내는?"

"아가씨와 있겠지요?"

나는 고개를 까닥였다.

김가가 제 아내인 유모를 부르러 떠난 지 얼마 되지 않아서, 유모가 사랑스러운 작은 생명체를 안고 안으로 들어왔다.

유모는 좋은 소식과 좋지 않은 소식을 한꺼번에 가져왔다.

좋은 소식은 영아가 뒤집기를 시작했다는 것이고, 좋지 않은 소식은 영아의 뒤집기가 내가 운기행공에 주력했던 지난 이틀 사이에 일어났다는 사실이었다. 안타깝게도 나는 그 역사적인 순간에 함께하지 못했다.

하지만 지금 유모가 바닥에 눕힌 영아는 조그만 손을 꼼지락거리면서 바동거리고 있었다. 그리고는 줄곧 내게 보여주길 기다렸다는 듯이, 오자마자 뒤집기에 또다시 성공하는 모습을 보이는 것이었다.

나는 정말로 기뻐서 나도 모르게 손바닥을 마주쳤다.

"어쩜…… 이리도 왕성하시고 영특하실 수가. 아가씨께서 자랑하고 싶으셨나 봅니다."

"미음은 잘 먹느냐?"

"예. 나리. 가끔 젖을 찾기는 하시는데, 미음도 곧잘 드십니다."

"알았느니라. 영아와 같이 있을 터이니, 너는 그만 나가 보거라. 잠깐."

"예? 나리?"

"네 남편이 아직도 뙤약볕에 있구나. 가는 길에 데리고

가 한숨 재우고, 남은 일은 해가 기울면 하도록 해라.”

마지막으로 유모는 명주 천으로 된 영아의 기저귀를 갈았다. 그런데 한 번씩 내 눈치를 살피며 머뭇거리는 게, 무슨 할 말이 있어 보였다. 영아를 데리고 들어왔을 때부터 그런 낌새가 있었다.

그러나 끝내 내뱉지 못할 게 뻔해서, 내가 먼저 운을 띄웠다.

“유모가 다른 사람도 아니고, 그만 뜸 들이고 말해 보거라.”

그제야 유모가 실토했다. 아랫것들 사이에 조만간 내가 장원을 떠날 것이라는 이야기가 돌고 있다는 것이다. 나는 웃음이 나왔다.

“하하! 또 양문위 그놈이로구나. 그놈은 참으로 방정맞아서, 매질로도 고쳐지지 않지. 그놈을 어찌하면 좋을까.”

“떠……나시는 것이옵니까?”

흑웅혈마가 석 달을 말하였을 때만 하여도 나는 그 시간이 너무나 길다고 생각했었다. 하지만 흑웅혈마가 맞았다.

영아가 손가락을 빨고, 옹알이를 하며, 정말로 나를 알아보게 되는 하루하루는 마치 사진첩의 사진들을 돌아보는 듯한 나날이 되어서 어느새 지나가 있었다. 다시금 떠올리는 것만으로도 미소를 머금고 마는 좋은 기억들이 가 득해졌다.

이런 삶이야말로 내가 그동안 바라왔던 진짜 이 세상의 삶이다.

흑웅혈마는 나를 너무나 잘 알고 있었다. 여기에서 영 아가 내게 줄 안식이 무엇인지, 그는 너무나 잘 알고 있었 던 것이다.

그렇게 지나고 보니 깨닫게 되었다. 나는 정말로 위태 로운 상태였었다.

가까스로 견디고 있었을 뿐이지, 어느 날 갑자기 정신 을 지탱하는 여러 끈 중에 하나가 툭 하고 끊어져 버렸을 지도 몰랐다.

그런데 아직, 흑웅혈마의 간곡한 청이자 나를 위한 그 의 마음 하나가 남아있었다.

나는 그걸 기다리는 중이고.

*   *   *

석 달 전에는 통산부령사였던 일사노옹이 그토록 바랐 던 중앙 정계로 진출해 떠났고, 두 달 전에는 위추객 마랄 타르도 서역과의 교역로가 다시 열리면서 다른 기관으로 옮겨졌다.

그리고 한 달 전에 부(府) 이하의 지방 행정기관들 사이에 대대적인 개편이 있어, 이곳 통산의 교도들 다수가 다른 지방으로 옮겨졌다.

아이러니하게도, 호교법찰사 위효자는 통산부에 배속되어 있지 않은 몸이면서도 오랫동안 남아있는 소수 중에 속했다.

새로 배속된 교도들이 통산의 사정을 내게 물을 때면, 나는 한마디만 했다.

아무것도 모른다고.

나는 통산의 공무(公務)와는 완전히 떨어져 있었다. 외부적으로도 멸마복정회의 잔당을 개국 이래 처음 잡은 공로로, 혈천성의 직권상에 멸마복정회의 정탐을 맡고 있다 알려져 있기 때문에 아무런 문제가 없었다.

그러니 영아를 돌보고, 날씨와는 상관없이 유모의 식구들과 함께 강변으로 나가 그늘 밑에서 하염없이 시간을 보냈다.

장강에서 내려온 그 작은 물줄기에는 민물고기가 많이도 살았다. 영아가 젖을 물면서 다른 곳을 쳐다볼 수 있게 되었을 때부터는, 강변을 찾는 일이 더 많아졌다. 영아가 물고기를 좋아하니까.

아마도 유모는 그날들을 떠올리는 것 같았다.

"너희 식구가 다치지 않게 조치해 놓았으니, 걱정하지 말거라."

그렇지 않아도 새로 부임한 통산부령사와는 말이 끝난 상태였다.

진짜 재미있는 이야기는 바로 거기에 있다. 유모와 그녀의 가족들에게 관아의 일자리를 주기 위해, 나는 통산부령사와 교도들에게 뇌물을 쥐여 줘야만 했다.

유모는 죽은 줄로만 알았던 남편이 살아있다는 사실을 알게 되었을 때, 그리고 그 남편인 김가가 돌아온 그날만큼이나 눈물을 쏟기 시작했다.

유모가 우는 이유를 어렴풋이 느꼈다. 하지만 그렇다고 유모에게 딸린 식구 전부를 데리고 천하를 가로지르라고 할 수는 없는 법.

큼.

나는 헛기침을 한 번 했다.

"죄, 죄송합니다. 나리."

유모는 겨우 울음을 멈췄다.

"너도 영아와 벌써 그만큼이나 정들었나 보구나."

"아……예. 하면 불경(不敬)한 소인은 이만 나가보겠습니다."

유모가 벌게진 눈을 훔치며 자리에서 일어났다. 그랬던 그녀가 문을 닫고는, 내게 들리는지도 모르고 중얼거렸다.

"아가씨도 어여쁘지만, 소인의 가족들에게 이토록 잘해주신 분은 나리밖에 없었습니다. 소인은 그게 슬픈 것이여요. 혈마교 나리. 이 은혜를 어찌 갚아야 할까요……."

　　　　　*　　　*　　　*

그날 점심, 혈귀(血鬼)의 가면을 쓴 무리가 사파인들과 병사들을 이끌고 통산 시내로 들어왔다. 내일 도착할 것이라고 알려져 있던 것과는 달리, 하루 먼저 기습적으로 들어온 것이다.

혈귀 가면을 쓴 자들의 정체는 광명성 산하의 감찰기관인 전시사(全視司)의 교도들로, 새로운 통산부령사가 곡하는 소리가 여기까지 다 들리는 듯했다.

혈귀 가면을 쓴 교도들이 관아로 들어간 이후, 그들 중 한 명 또한 내가 머물고 있는 장원을 찾아왔다.

감찰기관은 그 특성상 신분을 감추기 위해 가면을 쓰고 다니는데, 그게 상당히 무서운 분위기를 자아낸다. 장원 문을 열던 양문위가 제 눈앞에 떡하니 나타난 혈귀 가면을 보고 크게 놀라, 완전히 굳어버렸다.

혈귀 가면은 그를 진짜 귀신처럼 바라보는 사람들의 시선을 한 몸에 받으며 뜰 안으로 들어왔다. 장원 일을 보던 일꾼들 또한 정말로 겁을 먹고서 비킬 자리들을 찾아 흩어졌다.

"그대가 위효자?"

가면 안에서 여자 목소리가 났다.

나는 대답 대신 안채 쪽으로 손짓하여, 혈귀 가면을 이끌었다.

"나는 여기까지밖에 듣지 못했습니다."

혈귀 가면이 들어오자마자 말했다.

"나머지는 그대에게 들으라 하셨습니다. 호교대왕 전하의 명이지요. 한데 품계가 호교법찰사라고 들었습니다."

나는 고개를 끄덕였다.

"내 품계도 그대와 같이 말단(末端)인, 호교법찰사입니다. 일단은 전시사 소속이 아닌 것부터 밝히지요."

그러면서 혈귀 가면이 가면을 묶고 있는 끈에 손을 올렸다. 애초에 무서운 가면을 쓰고 있어도, 빛나는 그 두 눈망울만큼은 감출 수가 없었다.

"나는 혈산원 내당대(內堂隊)의……."

그때쯤, 나는 더는 참을 수 없어 웃음을 터트렸다.

"비록 속성이나마, 아기 돌보는 법은 잘 배우고 왔겠지?"

혈귀 가면이 끈을 풀던 동작을 멈췄다. 가면의 눈두덩이 안에서, 그걸 어떻게 알았냐는 사나운 눈초리가 날카롭게 섰다.

"저 아기입니까?"

혈귀 가면이 침대에 눕혀진 영아 쪽으로 시선을 옮겼다.

"만일 저 아기를 혈산으로 데려가는 것이 나와 당신의 임무라면, 당신도 아기 돌보는 방법을 배워야 할 겁니다. 본교에는 남녀(男女)의 일이 따로 없으니까요."

혈귀 가면은 그렇게 말하며, 영아의 작은 코와 입술에서 시선을 떼지 못했다.

"그러지."

짤막하게 뇌까렸다.

"한데 누구의 아기입니까? 정말이지 어여쁘군요."

혈귀 가면이 물었다.

"네가 딱 이만했을 때에도, 그렇게나 사랑스러웠다더군."

나는 정말로 즐겁다는 식으로 말했다. 그때 혈귀 가면이 내 쪽으로 휙 틀어졌다. 거기에서 그게 무슨 말이냐!,

라는 듯한 눈초리가 곧바로 뻗쳐 나왔다.

하지만 드디어 뭔가를 눈치챘는지, 그 눈초리 안으로
적지 않은 파문이 일었다.

"설마……."

나는 혈귀 가면 앞으로 다가갔고, 혈귀 가면은 좁혀진
거리만큼 뒤로 물러나다가 순간 멈췄다. 내가 혈귀 가면
을 묶고 있는 끈을 풀어낼 때에도, 소녀는 떠는 자세 그대
로 가만히 있었다.

이윽고 드러난 소녀의 어여쁜 얼굴에 대고 웃으며 말했
다.

"오랜만이로구나. 설아."

"교…… 교주님?"

그것 외에는 말을 잇지 못하는 설아에게 고개를 끄덕이
면서, 집게손가락을 입술에 대고 쉿 소리를 냈다.

그러자 설아의 두 눈이 즐거운 빛깔로 반짝였다. 그리
고 그 빛은 내가 열어 보인 보자기 안의 의복과 준비물들
을 보면서 더 배가 되었다.

남성용 장삼과 여성용 배자 그리고 아기용 포대기 등.

당장에 떠날 준비가 끝나 있었다.

나는 설아가 쓰고 왔던 혈귀 가면을 삼매진화로 태워
없앴다.

그게 무엇을 뜻하는지 모르지 않는 설아는, 보자기 안에서 제 물건들을 찾아 품에 안았다. 설아가 그걸 가지고 안채의 방 안으로 들어간 사이, 나도 본교의 상징이 된 붉은 도포를 벗고 무명장삼으로 갈아입었다.

"잘 맞는구나. 내 안목이 나쁘지 않지 않느냐?"

설아가 어쩐지 부끄러운 기색을 보이는 것은 아무도 그러한 연유에서였던 것 같았다. 마치 치수를 재어 맞춤을 한 것처럼 몸에 딱 맞았으니까.

좁은 소매 밖으로 살포시 드러난 얇은 손목이며, 무릎을 살짝 덮은 알맞은 길이가 내가 그렸었던 그 모습 그대로였다.

나도 두 팔을 크게 벌려 보였다. 폭 넓은 소매와 자락이 축 쳐져서 한 바퀴 휘 하고 돌면 너풀거리는 것이, 선비의 춤사위를 보여줄 것이다. 지금 이 마음대로라면 몇 바퀴도 돌 수 있었다. 하지만 풍악이 없는 춤사위만큼 꼴사나운 것도 없겠지.

그런데 부끄러운 기색을 날려버린 채, 환하게 웃고 있는 설아의 미소가 시선 가득 들어왔다. 즐거운 내 마음이 고스란히 바깥으로 드러난 것 같았다. 나는 개의치 않고 말했다.

"며칠 있으면 더위가 가시고 추풍이 불 것이니, 유람을 나서기엔 좋은 계절이 아니더냐."

유람이라는 말에 설아는 잠깐 당황하는 기색을 비췄다.

"적벽을 거쳐 홍호에 들러 운선을 탈까 한다. 네 생각
은 어떠냐?"

그제야 설아는 더없이 밝아진 표정을 숨기지 못했다.
설아는 그토록 갖고 싶어 하던 선물을 받은 소녀 같은 얼
굴이 되어서, 눈을 깜박거리기만 할 뿐이었다. 마치 영아
처럼.

"아니면 함녕에서 무한으로 거치고 싶으냐? 그동안 사
천에서 묶여있던 서역 상인들이 무한까지 들어왔다더구
나. 그리로 간다면 신기한 볼거리들이 많을 것이다."

나는 거기까지 말하고 설아의 대답을 기다렸다.

설아가 잠든 영아를 흘깃 쳐다봤다.

"이름이 있겠지요?"

"영(英)."

"영아. 너는 적벽 쪽을 더 좋아할 것 같은데, 그렇지 않
니?"

유모가 만들어 준 물고기 모양의 봉제 인형 때문에, 그
렇게 말을 거는 것이었다.

아직 소유욕이 없을 성장이지만, 이상하게도 영아는 제
손에 쥐어진 그것을 떨어뜨려 놓으면 곧잘 울곤 했다.

　　　　　*　　　*　　　*

　설아는 늘어진 나무 그늘 아래에서 영아를 안고 있었고, 차양 넓은 죽립은 약간의 손을 거쳐 어망으로 변해 영아의 눈요기가 되어 있었다.

　그때 나는 주홍빛이 녹아내린 적벽의 강변에 발을 담그고 있었다.

　한낮의 지독한 더위에 땀을 흘리다가도, 저녁쯤의 차가운 강물에 발을 담그면 즐거움이 일어난다. 그렇듯이 고(苦)가 없으면 락(樂)이 있을 수가 없다.

　그늘맡에 영아를 안고 있는 설아를 보고 있노라니, 나는 이대로 시간이 멈춰버려도 상관없다는 생각이 들었다.

　그때 설아가 입술만 뻥긋거려 나를 불렀다. 영아가 깰 때는 배가 고파서 그런 것이니, 미리 미음을 준비해 놓아야 한다는 게 그 이유였다.

　설아는 혼자 할 수 있다고 했지만, 불을 붙이는 일쯤이야 내게는 숨 쉬는 것만큼이나 자연스러운 일이었다. 극성(極盛)의 공력은 마음과 동한다. 작은 불꽃 따위는 생각만으로도 자연히 만들어 낼 수 있다.

　드디어 어죽 끓이는 냄새가 참으로 고소하게 풍기기 시

작했다. 그것은 나를 위한 것이었고, 다른 작은 냄비에는 영아를 위한 쌀미음이 따로 만들어지고 있었다.

문득 나를 빤히 바라보고 있는 설아의 시선이 느껴졌는데, 내가 그쪽으로 고개를 틀자 설아는 시선을 돌리며 주걱을 획획 저었다.

나는 이 풋풋한 느낌이 좋았다.

다시는 있을 수 없는 감정이자 시간이라고 생각했었다. 하지만 그러한 생각은 사실 내 스스로 가둬둔 감옥에서 나온 것이란 사실을 이때 깨달았다.

더없이 좋은 저녁이다.

석양 아래, 설아가 영아에게 미음을 먹이는 이 날의 광경은 죽어도 잊지 못할 거란 확신이 들었다.

이대로 적벽에서 며칠 머물러도 좋을 것 같지만, 두 여자가 비를 피할 수 있는 처마가 어디에도 없었다.

비가 막 떨어지기 시작할 무렵, 우리는 장강의 물줄기를 따라 번영한 작은 도시 안으로 들어섰다.

"그걸 말하는 게 아니잖은가. 그러니까 왜 있잖아. 자네들 부부는…… 꼭 말로 해야 돼?"

그때 설아가 끼어들었다.

"어르신. 저희 부부는……."

설아가 나를 흘깃 쳐다본 다음에 말을 이었다.

"저희 부부는 무림인이 아닙니다."

"떽! 큰일 날 소리는 입에도 담지 말아. 천금을 쥐여 줘도 안 되는 건 안 되니까 여기서 더 시끄럽게 굴면 뺄건 그……. 무슨 말인지 알지? 썩 나가."

우리는 방을 잡지 못하고 쫓겨났다. 빗줄기를 피해 객잔 처마 밑에서 잠깐 섰다. 옆에서 픽픽 새는 웃음소리가 들렸다.

설아가 내는 소리였다.

"다시 들어가 볼까요? 저 노인도 영아를 보면 마음이 바뀔 거예요."

"고집불통 노인네에게 그런 홍복을 안겨 줄 수야 있겠느냐."

설아도 웃었다. 그런 후에 설아는 혹여나 빗줄기가 들어갈까, 영아를 감싼 포대기를 다듬었다. 그리고는 나를 빤히 바라보다가 이번에도 들키고 말아서, 이번만큼은 용기를 내기로 한 것 같았다.

"교주님. 그동안에……."

설아가 무슨 말을 할지, 나는 알고 있었다. 그래서 선수 쳤다.

"그동안에 섭섭했던 마음이 있었다면, 잊어 줄 수 있겠느냐."

설아는 처마에서 지면까지 이어진 물줄기들을 바라보며 생각에 잠겼다. 그리고 그렇게 오래 지나지 않아서 그 작은 얼굴로 고개를 천천히 끄덕였다.

빗줄기가 약해지고 나서, 우리는 다른 방을 찾아 나섰다.

퇴짜가 계속됐다.

그런데 시가지에서 한 번씩 스쳐 지나가면서 봤던 어느 중년 여성이 우리를 조용히 불렀고, 그녀의 장원으로 초대받았다.

빗길 속에서 아이를 안고 동분서주하는 젊은 부부가 안타까워 보였던 모양인 듯했고, 그녀는 우리에게 한 가지만 주의시켰다.

무림인이어서도 안 되고, 무림인이라 할지라도 그게 밝혀져서는 아니 된다는 말이었다.

만일 그런 낌새가 밝혀지면 그녀부터가 우리를 관아에 신고할 것이라고 하였다. 그렇게 말하는 동안 그녀의 시선은 어여쁜 영아보다도, 내가 짊어지고 있는 철함에 줄곧 맺혀 있었다.

그러니 말뿐이라는 것이다.

우리는 장원의 여주인이 내준 별채의 방 한켠으로 들어

갔다.

설아는 속성이라 할지라도, 교육을 잘 받고 온 티가 났다. 조금은 어수룩하지만 그래도 영아에게 필요한 손길들을 놓치지 않았다.

나도 설아가 영아를 씻기는 것을 옆에서 거들었다. 설아가 꽤나 능숙하게 영아의 머리를 받치는 내 모습에서, 눈을 반짝여 보였다.

하지만 그 또한 잠깐뿐이다.

한 번씩 보여 왔던 흐릿한 색채가 눈에서 번졌다.

"영아는 친모께서는 어디에 계신가요? 틀림없이 경국(傾國)의 미색을 지니신 분이실 거예요."

설아가 아무렇지 않은 듯이 말을 흘렸다. 오랫동안 비가 내리지 않아 느릿해진, 적벽의 강물처럼 말이다.

"영아는 내 소생(所生)이 아니다. 부모 모두 이 세상 사람이 아니지."

설아는 안도도 한탄도 하지 않았다. 그저 부쩍 말이 없어져서는 영아의 몸을 세심하게 닦은 후에, 영아와 함께 잠에 들었다.

나는 어쩌면 설아가 영아에게서 제 어릴 적 시절을 떠올린 게 아닐까, 생각했다.

그날 밤 영아의 잠투정이 정말 심했다. 한 달 전에 비로소 괜찮아졌다 싶었던 잠투정이, 그날 유독 심해진 이유는 익숙한 환경에서 벗어났기 때문이라고만 생각했다. 하지만 설아의 생각은 달랐다.

"젖을 물렸었나요?"

그것을 시작으로, 잠자리 습관에 대해서 여러 가지를 물었다.

그러나 나는 이렇다 할 대답을 내놓을 수 없었다. 왜냐하면 영아의 잠투정이 심할 때면 유모가 따로 데려가 재웠기 때문이었다.

설아는 배웠던 대로 영아를 요람 태우듯 흔들어 주기도 하고, 고개 방향을 바꿔 주고, 유모가 만들어준 봉제 인형을 쥐어주는 등 여러 방법을 시도했다.

그렇지만 영아는 계속 칭얼거리고 울기를 반복했다.

결국, 나는 설아가 내 시선을 의식하고 있다고 느낀다는 것을 알고 자리를 비켜줘야 했다.

설아와 몸을 섞었던 적이 있었다. 또한 무(無)로 돌려진 시간대 이전의 일이었다. 하지만 그 일이 불과 3년 전의 일이었을 설아에게도, 기백 년의 세월을 보내왔던 나만큼이나 흐릿한 과거로 사그라진 것 같았다.

영아가 조용해지고 나서 다시 들어갔다.

설아는 적잖이 놀라는 기색이었지만, 소리는 내지 않았
다.

실내의 어둠 속으로 설아의 한쪽 가슴을 물고서 잠에
든 영아와, 그런 영아의 등을 천천히 쓰다듬고 있는 설아
의 인형(人形)이 보였다.

"이제 잠들었어요."

설아의 속삭이듯 작은 그 목소리가 느린 음률의 노랫가
락처럼 들렸다.

　　　이제 잠들었어요. 여보.

신기하게도, 지금 이 순간만큼은 그런 것이 상상됐다.

어둠 속에 잡힌 설아의 윤곽은 성숙한 여인의 것이었
다. 아주 먼 옛 기억 속, 내 옆에 누워있던 나신(裸身)의
소녀 것이 아니라.

하긴. 설아도 어느새 한 아이의 엄마가 되기에 적합한
나이가 되었다. 열일곱의 설아를 만나 이 세상으로는 삼
년이 지난 것이 되었으니, 설아는 나이는 지금 스무 살이
었다.

석 달 전 그날, 흑웅혈마가 정말 진지하게 물었던 적이
있었다.

흑천마검을 꼭 소생시켜야 하느냐고.

매일이 오늘 같아서는, 그날 들려 주었던 대답을 번복할 수도 있겠구나 싶었다.

"교주님."

설아가 속삭이는 소리를 냈다.

"장원에 무공 익힌 것들이 여럿 있구나."

장원의 여주인이 무림 잔당들을 숨겨 주고 있지만, 별 볼 일 없는 것들뿐이다.

"하면 위 나리가 좋을까요?"

설아는 더 소리를 죽였다.

"아니. 지금 같은 때, 더 자연스러운 호칭이 있지 않느냐. 나도 너를 그리 부르겠다. 그리고 사람이 있건 없건 혈산에 도착할 때까지는 항상 그러는 게 좋겠구나."

"예? 소녀는 그게 뭔지 모르겠습니다."

놀라는 것을 보니, 설아는 그게 무엇인지 알고 있었다.

"여보. 잘 주무시게."

나는 문득 멈춰버린 여인의 윤곽을 향해 나지막하게 말했다.

거기에 대한 대답이 없는 것 같지만, 소리가 너무 작을 뿐이지 분명히 있었다. 영아가 쌕쌕 내쉬는 숨소리가 오히려 더 컸다. 그러니 내가 못 들었을 거라 생각했던 것도 무리는 아니었다.

　잠시 후, 바람대로 똑같은 그 대답이 천천히 흘러나왔다.

　"예, 서방님……."

　　　　　*　　　*　　　*

　한바탕 쏟아 내렸던 비가 더위까지 땅속으로 밀고 갔다. 담장 넘어 못의 색깔과 향기가 왕성해지면서, 정원의 아취(雅趣)가 더 진하게 풍기기 시작했다.

　불과 몇 개월 전에 천하의 주인이 바뀐 것과는 상관없이, 하인들의 아침은 언제나 같은 모양이다. 건장한 하인들이 물지게를 끊임없이 지고 오는데, 그것만으로도 이 장원에 머물고 있는 손님의 수를 가늠케 했다.

　또한 시골 출신의 계집종들이 조잘대던 소리도 간간이 들려왔으며, 더 너머로는 벼를 찧는 소리가 한창이었다.

　비취색을 발하는 이끼가 아름드리 낀 울타리 바깥.

　거기에서 계집종 하나가 다가왔다.

　그때 나는 문틀 바깥에 앉아서 보따리를 정리하고 있던 중이었고, 설아는 방 안에서 영아와 놀아주고 있었다.

　"가시게요?"

어린 계집종이 당차게 물었다.

"비가 더 내릴 것 같지 않구나."

"작은 마님께서 뵙자는대요?"

가긴 어딜 가.

계집종은 그런 식으로 말했다. 그럼에도 불구하고 내가 보따리를 어깨에 비스듬히 걸쳐 매자, 계집종의 눈초리가 삐죽 올라갔다.

"우리 작은 마님께서 뵙자고 하셨다니까요."

계집종은 그렇게 말하며, 어젯밤 동안 말려둔 내 차양 죽립을 홱 낚아챘다. 하지만 계집종의 손안에 쥐어졌던 차양죽립이 마치 살아있는 생물처럼 미끄러져 나와 본래의 자리로 천천히 떨어지자, 계집종의 눈이 주먹만큼 동그래졌다.

"더 신세를 질 순 없지. 때로는 조용히 없던 듯이 나가는 게, 보답하는 길이란다."

"그런 건 모르겠고요."

계집종은 열 살 정도로 보였다. 퉁퉁거리는 것이 꽤 귀엽게 느껴졌다.

"채비나 받아 가시라는 걸 거예요. 주실 때 받으시는 게 좋을 걸요? 아기도 있잖아요."

그러면서 계집종은 방 안쪽으로 시선을 옮겼다가, 이윽

고 상체까지도 그 안으로 불쑥 집어넣었다.

"몇 살이에요? 한 번 안아 봐도 돼요? 네에?"

설아는 잠깐 당황했다가 웃는 얼굴로 고개를 끄덕였다.

계집종은 영아에게서 눈을 떼지 못하고 계속 실실 웃었다.

하지만 적극적인 계집종의 공세에, 영아가 울음을 터트리고 말았다. 그때부터 계집종이 안절부절못해졌다.

"이걸 쥐여 줘 보렴."

설아가 곤란해하는 계집종에게 전지전능한 봉제 인형을 건네줬다.

계집종이 영아의 작은 손가락을 조심스럽게 펴서 그 안에 봉제 인형을 쥐여 줬다. 예견되었던 데로 영아의 울음이 멎었다.

그러자 설아와 계집종이 웃는 눈빛을 교환했다.

"아직도 안 가셨어요? 작은 마님은 못 인근에 계세요. 가시면 아실 거예요. 저쪽이에요."

계집종이 또다시 쏘아붙이고는, 곧바로 영아에게 재롱을 피우기 시작했다.

또 설아는 그걸 보면서 즐거워하고 있고.

"그럼 다녀오리다. 여보."

설아에게 말했다.

"다녀오세요……. 서……방님."

설아가 흘리듯 내뱉은 그 말에, 도리어 계집종이 작은
두 손을 뺨에 붙이고는 몹시 부끄러워했다.

바위를 돌아온 시냇물이 수련 뜬 못으로 들어가고, 그
주변에는 과실수가 심어져 오솔길을 내고 있었다.

어지간한 작은 마을 규모인 황금장에는 비할 바가 못
되지만, 한 걸음 한 걸음 옮길 때마다 다채로운 풍경이 이
어지는 것만으로도 훌륭한 정원으로 손색이 없었다. 그런
데 이러한 정원보다도 훌륭한 것이 있었으니, 바로 금(琴)
을 타는 소리였다.

어제 우리를 초대했던 여인이 정원을 풍경 삼고 있는
누각 안에서 금을 연주하고 있었으며, 네 명의 하녀들이
그 밑에서 작은 일들을 보고 있었다.

금을 타는 이유야 어쨌든, 거기에서 나오는 가락이 정
말로 좋았다.

한 음보가 끝날 때를 기다렸다가 다가갔다.

"잘 쉬셨습니까?"

여인이 물었다.

하지만 그녀의 두 눈에는 실망스러운 기운이 감돌고 있
었다. 그녀가 음률에 담아 보냈던 기운에 내가 감응하지

않았기 때문이었다.

"하룻밤의 신세, 잊지 않겠소."

"무슨 말씀을. 지금 같은 시국에, 우리 같은 사람들끼리 서로 돕고 살아야지요. 채비를 준비해 두었으니 받아가세요."

하녀가 엽전으로 묵직한 주머니를 내게 던졌다.

그게 만남의 끝이었다.

만일 그녀가 보냈던 기운에 내가 감응했다면, 그녀는 나를 누각 안으로 들어오라 했을 것이다. 그리고 이것저것 시험하려 했겠지만, 나는 구태여 지금의 휴식을 깨고 싶지 않았다.

지금의 하루하루는 그 무엇과도 바꿀 수 없는 소중한 시간들이었다.

거처로 돌아가는 길이 가까워지는 만큼, 그쪽에서 나오는 설아와 계집종의 꺄르르 웃는 소리 또한 점점 가까워졌다.

계집종은 일단 내 손부터 확인했다. 그리고 내 손에 엽전 든 주머니가 쥐어진 것을 보고, 못내 아쉬운 기색을 감추지 못했다.

"헤어질 시간이야. 예쁜 아기야."

"동방 무림인들을 거두고 있지요?"

"그러더군."

"관아에 알리실 건가요?"

"부인은 어쩌고 싶은가?"

"예? 지금 우리는 중원인을 가장한 밀정이지요?"

"아니, 우리는 지금 여행자다."

"정말 그걸로 괜찮으시나요?"

"부인만 좋다면."

"전 아무렴 좋아요."

"그럼 나도 되었네."

*　　　*　　　*

수로를 따라 유람하는 한편 배를 너무 자주 갈아타지 않기를 희망했기에, 우리는 세 번째 내린 지금의 하구에서 이틀째 머무는 중이었다.

이 하구에서 오래 산 어부가 자신 있게 말한 바로는, 이맘때쯤에 의창까지 곧장 향하는 대형 윤선이 지나치곤 한다는 것이다. 그리고 우리가 운이 좋은 이유는, 오로지 이

하구에서만 한 번 정착해서 식료품을 채우기 때문이라고
하였다.

윤선을 기다리는 동안, 우리는 한 젊은 부부와 친해졌
다. 그쪽도 영아와 개월 수가 비슷한 아기가 있었으며, 같
은 암자에 머무르고 있었다.

우리 부부들이 하는 일이라곤 포구의 광경이 잘 들어오
는 쪽에 거적을 깔고 앉아서, 거기를 지켜보는 게 전부였
다.

"오늘도 안 오려나 봅니다."

그쪽의 부인이 말했다.

그리고는 영아와 함께 두 아기를 데리고 미음을 준비하
러 암자로 들어갔다.

나는 남편 되는 사내와 나란히 앉아서, 저 앞의 풍경을
가만히 바라보았다. 서서히 일어나는 가을바람에 산 전체
가 은연히 흔들리고 있었다.

정말 계절이 바뀌어가고 있었다.

문득 사내가 말했다.

"임이남이라 합니다."

사적인 말은 이번이 처음이었다.

약속한 것은 아니었지만 사적인 대화를 나눈 바 없었
다.

그냥 서로의 아기를 칭찬하고, 도리어 아기에게 재롱을 피우는 두 아내를 바라보며 웃고, 아기의 옹알이에 호들갑을 떠는, 지난 이틀이었다.

"위효자입니다."

이틀 만에 통성명을 한 우리는 또 말이 없어졌다. 그도 나만큼이나 말수가 없었다.

아마도 그것이야말로, 우리 두 부부가 가까이 지내게 된 이유인 듯싶었다.

사내와 다시 대화를 나누게 된 건, 그 다음 날 점심쯤이었다.

"의창에 외숙부께서 계십니다. 염치 불고하고 숙부께 의탁하고자 가는 길입니다."

"의창에 찾는 사람이 있습니다."

정확히는 묘다. 마침 지나치는 길이니, 영아 친모의 묘에 들꽃이라도 하나 올려두고 싶었다.

"관(官)을 꺼려하지 않는다면, 도움을 드릴 수 있을 것 같군요."

그가 말하는 관은 곧 본교다.

사내가 관을 언급하면서 방어적인 태도를 취했다. 그래도 그러한 선의를 보여준 까닭은, 어젯밤 그쪽 부인에게 내가 놓아준 침 때문이었다.

어젯밤 그쪽 부인이 갑작스런 고열로 힘들어했다. 이에
나는 암자에서 침구를 빌렸다. 그것은 설아를 친정 식구
처럼 친근하게 대해 주고 영아를 정말 사랑스럽게 바라봐
주던 시선에 대한 보답이기도 했는데, 그게 또 이렇게 돌
아온다.

이 작은 공간 안에서도, 인과(因果)가 맴돌고 있다.

"숙부께서는?"

"의창부 관아에서 서리로 계십니다. 조카의 청을 못 본
체하지 않을 것입니다. 하니, 어려워하지 마시고 언제든
말씀하세요. 위 형."

"알겠습니다."

"동생이라 부르셔도 됩니다."

"그러겠네. 동생."

"그나저나 침술은 어디에서 배우신 겁니까? 의술에 까
막눈이라 해도, 예사롭지 않다는 것은 한눈에 봐도 알겠
습니다."

지금 천의는 어디에서 무엇을 하고 있을까. 죽산으로
돌아갔을까.

"어깨너머로 배운 것이지. 차도가 있어서 다행이네."

그때 두 여인이 웃는 소리가 가까워졌다. 우리 뒤쪽으
로 아기를 안고 있는 두 여인이 조잘거리며 다가오는데,

그 모습이 몹시 친근해 보였다.

"위 형과는 호형호제하기로 하였으니, 당신도 그리하게."

이남이 제 부인을 향해 말했다.

"저희는 이미 그러고 있는 걸요? 그렇죠? 동생."

"그럼요. 언니."

설아가 그렇게 대답하며, 내게 빙그레 웃었다. 그리고는 물었다.

"서방님. 언니와 함께 시전을 구경할까 하는데, 괜찮지요?"

"우리도 같이 가지."

일전에 혈산을 떠나오면서, 설아에게 약속했던 붉고 예쁜 장신구를 아직도 주지 못한 게 생각났다.

장강을 따라 선 도시들의 시전은 포구를 중심으로 형성되어 있다. 상선들이 경유하는 곳이기에 산물이 모이고, 사람도 모인다.

하지만 그것만 가지고는 지금의 활기를 설명하지 못한다. 무엇보다도 천하를 휩쓸었던 혈겁이 그리 오래되지 않았다는 것을 생각해보면, 이상현상이라고 불러도 과언이 아니다.

이에 성궁에서 공무를 볼 때 받았던 보고에는 이렇게 설명되어 있었다.

상인들이 육로보다는 장강의 수로를 광신(狂信)적으로 더욱 선호하게 되어, 장강의 물줄기를 거치는 도시들이 번영하고 있다.

본래 수로가 육로보다 인기가 많았다. 그런데 혈천하 이후 그러한 쏠림의 정도가 극에 치닫고 있다는 것이었다.

장강수로채가 와해되었기 때문만이 아니다. 온갖 치들, 특히 무림 잔당들이 산으로 숨어들었다. 멸마복정(滅魔卜正)의 기치를 내걸어 지나치는 수레의 재화를 빼앗는 데 혈안이 되어 있다. 그냥 그런 산도적들마저도 상인들에게 칼날을 휘두르며 멸마복정을 명분을 삼는다.

며칠 전 우리에게 비 피할 방 한 켠을 내주었던 장원의 주인이 무림 잔당들을 거두고 있지만, 그걸 내버려두었던 이유는 거기에 있다.

장원의 주인은 본교에 저항하기 위해서가 아닌, 수로에서 힘을 갖추기 위해 칼을 모으고 있는 중이었다.

그러니 그 아래로 모이는 자들도 또한 다 비슷한 치들이다. 그런 치들은 더 이상 '정도'의 잔당이 아니다. 칼을 빌려주며 제 살길을 찾아 헤매고 있는, 이 시대의 패잔병들이지.

설아와 이남 부부는 시전의 많은 사람들처럼 인형극에 몰입해 있었다.

내가 무리에서 잠깐 벗어났다는 것을 인지하지 못할 만큼 말이다.

나는 구경꾼들을 파고들어 설아의 뒤까지 도착했다. 그리고 드디어 설아의 머리에 장신구를 끼워 주는 데 성공했다.

용수철 모양 장식이 움직임에 의해서 떨리고, 둥근 옥판 위에 붙여진 붉은 꽃 장식이 햇볕에 반짝였다.

"······서방님?"

하지만 설아의 표정이 밝지 않았다. 설아는 장신구를 빼서 확인하는 대신, 떨리는 손가락으로 인형극이 펼쳐지고 있는 전방을 가리켰다.

한눈에 봐도 알겠다.

나에 대한 인형극이다.

악귀 형상의 인형이 칼을 휙휙 휘두를 때마다, 광대들은 거기에 닭 피와 닭 내장을 마구잡이로 뿌리고 있었다.

허공에서 튀기는 닭 피와 바닥에서 뭉개지는 닭 내장을 좇은 설아의 두 눈이 파르르 떨렸다. 저런 인형극이 펼쳐지고 있었으니, 내가 자리를 비운 것을 눈치채지 못할 만

했다.

나는 설아의 어깨를 툭툭 건드렸다. 나를 다시 돌아본 설아의 얼굴 위로, 진한 걱정으로 변해 있는 감정이 벌써 번져 있었다.

그렇게 우리 둘 사이에만 감도는 정적이 있었다.

하지만.

"그냥 연극이지 않느냐."

나는 웃어넘겼다.

"그래도 저대로 두면 많은 사람들이 다치겠구나."

설아의 작고 하얀 귀에 속삭인 그때, 인형극 무대를 향해 큰 바람이 불었다.

막 꺼져가던 더위에 맞지 않은 후끈한 바람이었다. 무대가 날아가고, 광대들은 바람에 휩쓸린 인형들을 쫓아 손을 뻗어댔다.

그러나 인형을 움켜쥘라치면, 어디선가 훅 들어온 바람이 인형을 한 치 차이로 띄워 올렸다. 마침내 광대들이 여기저기에서 깡충깡충 뛰며 계속 실패하는데, 그 모습이나 상황이 꽤나 우스꽝스러웠다.

바람은 인형만 날리지 않고 주변에 깔려있던 무거운 분위기까지 함께 날려 보냈다.

구경꾼들이 웃음을 터트리는 동안, 설아는 한 손으로는

휘날리는 제 머리카락을 누르고 다른 한 손으로는 영아의
포대기를 감싸고 있었다.

　그리고는 내게 소리 없이 입술만 움직여 말한다.

　고마워요 라고.

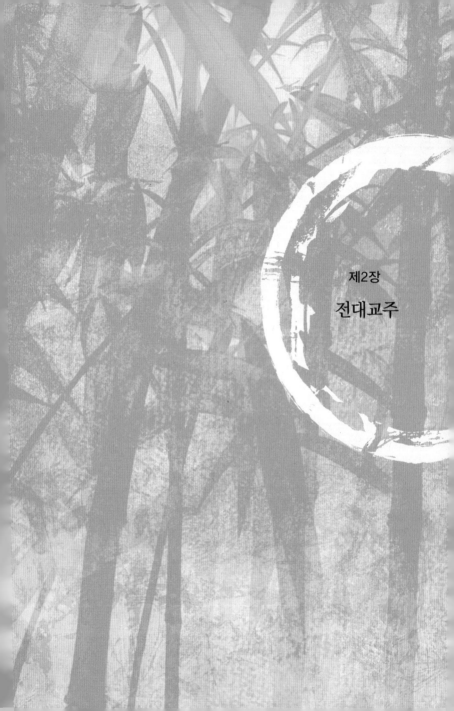

제2장

전대교주

여러 쌍의 등을 훤히 밝힌 대형 윤선이 들어오고 있었다. 본교의 깃발을 휘날리고 있지 않아도, 갑판에서 호령하고 있는 무인들의 행태만으로도 윤선이 본교의 소속이라는 사실을 알 수 있다.

역시, 어부가 말했던 그 대형 윤선은 황금장의 상선이었다.

선수(船首)가 밀고 들어와, 거친 물살과 하얀 거품을 일으켰다. 작은 나룻배들은 행여나 거기에 휩쓸릴까 방향을 틀기 바빴다.

아슬아슬한 광경이 몇 차례 있었다. 다행히 사고는 일

어나지 않았지만, 일어났다고 해도 하등 이상한 일이 아니었다.

윤선에서 내려온 황금장의 사람들이 시전을 돌며 온갖 물건들을 사들이기 시작하면서, 우중충해 있던 시전의 분위기가 반전을 맞이했다. 그렇지 않아도 어제 있었던 인형극 때문에 크고 작은 일이 여럿 있었고, 시전 전체적으로도 크게 경직되어 있었던 차였다.

나와 설아는 이남 부부와 함께 황금장의 하인에게 의창까지 가는 뱃자리를 청탁했다. 적지 않은 재화를 쥐어 줬고, 또 우리 두 부부에게는 만인의 사랑을 받고 마는 갓난아기가 있었기 때문에 그 일이 어렵지 않게 성사됐다.

"선미 쪽에서 나오지 마시오. 밥은 제때가 되면 챙겨줄 터이니. 문제 일으키지 말고."

선미에는 우리 같은 처지의 사람들이 꽤 많이 있었다. 그래도 완전히 만석은 아니었다. 우리 두 부부가 몸을 뉘일 공간 정도는 어렵지 않게 찾을 수 있었다.

자리에 보따리를 내려놓고서, 설아와 함께 선미 갑판으로 나왔다.

설아의 시선이 향한 곳에는 부둣가에서 겨우 볕을 쐬고 있는 황금장의 노예들이 있었다.

노를 젓게 만들려면 먹이기는 잘 먹여야 했기 때문에

그들의 피골이 상접하지는 않았다. 그러나 그것뿐이지, 그들의 그 어디에서도 그들이 한때 중원인들이 우러러보았던 정파 무인들이었다는 사실을 알 수 있는 흔적을 찾을 수 없다.

구태여 찾으라면 단전이 폐해진 이후의 증상, 혈액순환의 이상으로 비정상적인 안색을 꼽을 수 있다.

"부인."

"예. 서방님."

"저들이 불쌍하신가?"

이미 천하를 가로질러 온 설아와는 한 번쯤 나눠야 할 대화이긴 했다. 설아가 한 번씩 보였던 얼굴의 그늘은, 보통 이런 순간들에 나타나곤 했으니까.

"지금 서방님은 서방님이시지요?"

내 눈빛을 받고는 담담하게 말을 붙였다.

"저들이 불쌍한 게 아닙니다. 서방님. 저들은 본시 저 자리에 있었던 다른 자들을 대체하고 있는 것뿐이니까요. 하지만."

나는 고개를 끄덕였다.

"천하는 바뀐 게 없지. 관의 깃발만 바뀌었을 뿐이야."

그래서 나는 설아가 중원에 나오는 것을 좋게만 보지 않았다. 설아에게 보여주고 싶었던 것은 유토피아지, 이런 것이 아니었다.

나는 설아의 품에 안겨 있는 영아의 코를 집게손가락으로 톡톡 건들었다.

"그러나 영아가 부인만큼 나이를 먹었을 때에는, 지금보다 더 나아져 있을 것이다. 그리고 또 영아의 소생이 그만큼 더 나이를 먹었을 때에는, 부인이 보고 싶어 하던 걸볼 수 있을 테지. 그러니 건강히 무탈하게…… 장수해야한다."

"혈천하는 아직 끝난 게 아닌 것이군요."

이제 시작인 것이지.

나는 그렇다고 대답하는 대신, 우리 쪽으로 다가온 노인에게로 시선을 돌렸다. 노인은 아주 즐거운 얼굴로 고개를 끄덕이고 있었다.

"그것이다. 미천한 것들이 능히 본받아 배울 만한 본보기로다."

노인이 말했다.

그때 설아는 노인에게 허리를 굽혀 보인 다음, 영아를안고서 빠르게 선실 안으로 들어가 버렸다.

노인은 그런 설아를 매서운 눈빛으로 노려봤다. 그런데그 눈초리로 보기로서니, 설아를 알아보지 못한 것 같다.

붉은 장포를 입은 노인의 등장과 함께 갑판 위의 사람

들이 일제히 엎드렸다. 나도 위효자의 몸으로 엎드리는데, 엄지손가락만 한 금덩이 하나가 내 발밑으로 툭 떨어졌다.

"아기를 키우는 데 보태 쓰거라. 끌끌."

나이 든 교도는 한줄기 바람을 남기고서 빠르게 사라졌다.

선미 사람들이 나를 쳐다보며 숙덕거리는 와중, 이남이 조심스럽게 다가왔다.

"조마조마했습니다. 무슨 말씀을 나누신지 몰라도, 이번에는 상을 받았지만 언제든 목을 가져갈 수 있는 분들이십니다. 부디 영아와 형수님을 생각해서라도……."

이남은 결국 이런 날이 올 줄 알았다는 듯한 투로 말했다. 며칠간 우리와 함께하면서, 내 행동이 조심스럽지 못하다고 생각했던 것 같았다.

그렇다 해도 꽤 무례한 언사였는데, 반면에 그만큼이나 우리 가족을 생각하고 있다는 반증이기도 했다.

그때 이남은 제 말실수를 퍼뜩 깨닫고는 얼굴을 붉히고 있었다.

"조심토록 하지."

그동안 이남이 나를 봐왔듯, 나도 이남을 봐왔다. 이남은 중간 계급의 문인 가문 출신으로 추정됐다. 전란에 가문이 몰락하고 말았지만, 오랫동안 공부를 해 온 사람에게는 그만의 언행이 있는 법이다.

"……주제넘었습니다. 죄송합니다. 위 형."

"동생의 말이 맞네. 내 행동거지가 분수에 맞지 않곤 하지. 동생 부부와 우리 부부는 이제 일행이 되었으니, 우리 부부가 화(禍)를 당하면 그게 동생 부부에게도 미칠 거란 말이지."

그러면서 나는 금덩이를 이남의 손에 쥐여 줬다.

"숙부께 의탁하러 가는 길에 어찌 빈손으로 갈 수 있겠는가. 받게."

"아닙니다. 아닙니다. 형님."

이남은 한사코 받지 않으려 했지만, 나는 그네들 부부가 이 배를 타기 위해 가지고 있던 패물 전부를 바쳤다는 사실을 알고 있었다.

그래서 더 억지로 쥐여줬다. 그런 금덩이 따위는 내게 있으나 없으나 그만이었다.

"보기에는 이래도, 크게 궁핍하지 않네. 나보다는 동생에게 더 요긴하게 쓰일 터. 고맙다면 아이들 먹일 물을 찾아봐 주게."

이남의 어깨를 토닥여 준 다음 선실로 돌아갔다.

선수와 누각같이 선 중앙 선실 쪽은, 이곳 선미와는 다른 세상이었다.

상선의 주요 인사 및 사파인들은 본교의 나이 든 교도를 중심으로, 주일밤낮 연회를 그치지 않았다. 미색이 출중한 무희와 진한 향이 나는 술 그리고 훌륭한 곡조가 거기에 있었다.

그래도 그곳의 곡조가 선미의 갑판에도 은연히 흘러들어온다. 뿐만 아니라 날씨도 더할 나위 좋고, 시원한 바람이 있었다. 거기다 배는 장강의 물길을 따라가니, 화폭에서나 볼 법한 산수(山水)의 연속이었다.

설아와 나 그리고 영아는 선실보다도 갑판에 나와 있는 시간이 많아졌다.

"의원 나리."

선실에서 자주 보던 어떤 부부였다. 설아는 내게 웃어 보인 후 옆으로 자리를 살짝 비켜줬다. 그 부부가 무슨 일 때문에 나를 찾아왔는지, 그래서 그 일이 얼마나 즐거운 일인지 다 알고 있다는 듯이 말이다.

어느새 지나고 보니, 나는 선미의 사람들을 치료해 주고 있었다.

"서방님께선 언제 의술을 배우셨나요?"

설아는 이제 나를 서방님이라 부르는 데 자연스러워졌다.

지금이, 단순히 꾸며낸 행세라고만은 생각 들지 않았다. 정말로 나는 어리지만 한 아이의 엄마가 된 신부를 맞이한 기분이었다.

그래서 더더욱이 설아의 그 물음에 쉽게 대답할 수 없었다. 다 지나간 일, 아니 전부 무(無)로 돌려져 애초에 일어나지 않은 일지만…….

이 여정이 끝날 때쯤이면 그 모든 걸 잊어버리길 희망한다.

"형수님도 모르십니까?"

이남의 목소리였다. 그리고 그의 아내 염방도 아기와 함께 갑판으로 나왔다.

"우리 나리께선 비밀이 많으신 분이시랍니다. 그런 점이 또 우리 여인네들의 마음을 흔드는 법이지요. 아니 그래요? 언니?"

"맞아. 호호호."

"그렇습니까? 혹 딴 집 살림이 있으신 거 아닙니까? 형님."

이남의 농담이, 이남의 부인에게도 꽤 의외였었나 보다. 부인이 이남을 물끄러미 쳐다봤다. 그리고 이남은 괜히 무색해져서 내 주변에 어질러진 의구(醫具)들을 정리하기 시작했다.

그 의구들은 며칠 전 이남이, 나 같은 의자(醫子)에게 의구가 없는 것은 탄천(嘆天)할 노릇이라면서 어디선가 구해온 것들이었다.

선미의 많은 사람들이 그 의구를 거쳤다.

"의원 나리. 바쁘지 않으시다면 제 여식을 봐 주실 수 있으십니까……."

또 사람이 찾아왔고, 이남이 정리하던 의구를 내려놓았다.

*　　　*　　　*

영아의 젖니가 났다. 설아와 내가 아주 하얗고 조그마한 그것을 발견하고 기뻐하자, 이남 부부뿐만 아니라 선미의 많은 사람들이 몰려들어 축하해 주었다. 그리고 그날은 사람들이 그토록 기다렸던, 이 배가 의창 부두에 도착하는 날이기도 했다.

"형님. 하면 말씀하신 그 묘를 찾은 뒤 다시 봬야할 텐데……."

"내가 동생을 찾는 편이 편하지 않을까 싶네만."

"외숙부는 공망이라는 자를 쓰십니다. 저도 여기는 초행길인지라."

"걱정 말게. 내 알아서 찾아가지."

우리 두 부부는 그 길로 헤어졌다.

나와 설아는 의창의 객잔에서도 또다시 퇴짜를 맞았다. 그래서야 돈벌이가 될런가 싶었는데, 객잔 주인은 상계 느낌 물씬 나는 사람들이나 사파인들만 골라서 방을 내주는 것 같았다.

설아와 영아 그리고 암자의 불빛을 보고 모여든 산짐승들도 깊게 잠든 밤.

나는 흑천마검의 파편이 든 철함을 열었다.

여정 중에도 틈틈이 파편들에 공력을 주입해 왔다. 성궁에 있을 때처럼 모든 공력을 쏟아 버린 다음에 이틀가량 운기행공을 할 수는 없지만.

하루에 한 번, 네 시간가량의 운기행공을 통해 얻을 수 있는 공력만큼만 주입하고서 소실된 공력을 채울 수는 있었다.

지금도 그러한 시간이었다. 배를 타고 있을 때에는 적당한 곳을 찾아 운기행공을 한 다음 돌아갔지만, 여기 암자에서는 나를 지켜보는 눈도 없었다. 그래도 네 시간 이상 운기행공에 몰두하기에는 설아와 영아의 안전이 신경 쓰여, 평소처럼 하기로 하였다.

손톱만 한 조각 한 개를 드디어 검신이라고 불릴만한 덩어리에 붙였던 차였다.

별안간 갑자기.

시공의 틈이 갈라지는 게 느껴졌다.

"......!"

짓눌러왔던 감각을 극도로 끌어올리며 설아와 영아부터 챙겼다.

그러나 이대로 두 여인을 데리고 도망치기에는…….

두 여인의 몸으로는 극한의 시간대를 결코 감당할 수 없었다.

틈에서 나오는 것이 무엇이든, 두 여인을 그것에 노출시킬 수 없다는 생각만 요동쳤다.

남은 한 손의 검지에 전력을 집중시켰다. 그런 다음 흑천마검과 동수를 이루었던 그 힘의 집약체를 틈에서 나오는 형상을 향해 뻗었다.

와직 터져버릴 감각이 손끝으로 느껴졌다. 그런데 내가 터트린 게 아니라, 그것이 애초에 터지는 상태로 이쪽으로 넘어오고 있던 것이었다.

극한의 시간대였기에 핏물과 살점이 사방으로 터지지 않고 그대로 굳어 있어야 하는 게 맞았다. 하지만 핏물과 살점이 내 쪽으로 확 밀려왔다. 또한 그 핏물과 살점을 덩

달아 달고서 나타나는 두 번째 인형(人形)이 바로 눈앞에
서 번뜩였다.

나는 그것의 미간 또한 노렸다.

한 치 차이였다.

그것의 온몸을 불사르지 않고 멈췄다.

그것은.

부서지기 직전의 백운신검이었다.

금이 갈 대로 간 백운신검의 얼굴 뒤로, 엄습해 오는 무
형무색(無形無色)의 힘이 있었다.

찰나였지만 백운신검이 내 눈빛을 읽어냈다. 백운신검
이 고개를 숙였고, 온 기운을 담은 검지 손가락 끝을 전방
으로 뻗었다.

닿기도 전에 느껴졌다. 내가 어찌할 수 없는 존엄한 힘
이란 것을 말이다.

그러나 내 품에는 꼭 지켜내야만 하는 두 여자가 있었
다. 소용없는 일이라는 것을 알면서도 해야만 했다. 그래
서 다가올 고통에 대비해야 했고, 이 갑작스런 재앙이 끝
난 후도 생각해야 했다.

백운신검이 달고 온 저 힘은 내 온몸을 산산조각 낼 거
다.

"Ρεςτωρατηων"

마법 결정을 끄집어내기 무섭게, 예견되었던 그것이 찾아왔다.

"끄아아악!"

손가락 끝이 약간 접촉되었을 뿐인데, 온몸이 비틀렸다. 녹아버린 내장 전체가 땀구멍으로 질질 흘러나오는 것만 같은 고통 속에서, 나는 하나만 확인했다.

백운신검의 품으로 보낸 설아와 영아를 말이다.

작고 큰 두 여자가 쓰러진 백운신검의 품에 안겨 있는 것을 확인했지만, 점점 강렬해지는 고통 때문에 불길한 마음을 어찌할 수 없었다.

어김없이 눈두덩이 쪽으로 칼이 쑤신 것 같은 아픔이 번졌다.

와직.

눈알이 터졌다.

허리가 꺾이면서 세상이 반전(反轉)되는 느낌을 받았다.

빌어먹을 검지 손가락 끝으로 쏟아냈던 힘은 어찌 되었는지, 고통이 가시벌레처럼 온몸을 헤집고 다닌다. 저 힘과 접촉하고 있는 손가락 끝을 간신히 유지하고 있는 것 같다만, 사실은 통각(痛覺)의 이상이고 팔 전체가 날아가 버렸는지도 모른다. 하지만 지금 내가 믿을 거라곤 그것밖에 없었다.

"으아아악!"

온몸을 간신히 지탱하고 있던 축이 그렇게 끊겨버렸을 것이다. 그 직후로 고통이 느껴지지 않으니까.

이 순간 갑자기 찾아온 평온은 결코 좋은 징조가 아니었다.

차라리 고통이 계속해서 일어나고 있어야 했다. 그것이 나를 붕괴할지라도, 결국 그쳐달라고 애걸복걸하게 될지라도 그래야만 했다.

내 죽음으로 설아와 영아가 안전해질 수만 있다면 기꺼이 그럴 수 있다. 하지만 이 존재의 배려심이 그렇게 깊을까?

흑천마검, 그 녀석이 더욱 간절해졌다.

그러던 갑자기, 몹시 반가운 붉고 푸른 자극이 어디에선가 끼어들었다.

내 팔다리가 붙어는 있는지, 뇌리라 불릴 만한 것이 존재는 하는지, 가늠할 수 없는 생사지경(生死地境) 안에서 일어났다.

멀어졌던 감각들이 돌아온다. 생사를 확인할 수 없어 미칠 것만 같았던, 설아와 영아의 원기도 오롯하게 느껴졌다. 온 힘을 담은 검지 손가락이 여전히 저 존엄한 것과 접촉해 있음 또한 느껴졌다.

　그리고 마지막.

　백운신검이 나오면서 만들었던 공간의 틈이 닫히고 있음 또한…….

　내 몸에 온전하다고 불릴 만한 것은 전력을 품고 있던 팔 한쪽뿐이었을 것이다.

　나머지 팔과 두 다리는 눈알과 함께 터져버렸다는 표현이 정확했을 것이며, 몸과 얼굴은 짓이겨진 형체 그대로의 고깃덩어리에 지나지 않았을 것이다.

　이런 몸으로도 끝내 살아 신체 기관이 하나씩 재생되고 있지만, 그 사실이 조금도 기쁘지 않았다. 청각마저 돌아오면서 자지러진 영아의 울음소리와 설아의 비명소리가 내 가슴을 파고들었기 때문이었다.

　사방은 온통 핏물과 살점투성이였다.

　본시 옥제황월의 것으로 추정되는 것도 있었지만 내게서 나온 것도 상당했다.

　예컨대 설아와 영아의 얼굴에 달라붙어 있는 살점들은 아무래도 내 것일 수밖에 없었다. 설아와 영아의 얼굴을 닦아내 주고 싶지만 지금은 시간이 없었다.

　재생을 기다리며 적지 않은 시간을 소진한 까닭이었다.

백운신검의 얼굴에서 살점들이 뚝뚝 깨져 나오며 그것이 빠르게 파편으로 변해가고 있는 중이었다. 사지는 벌써 떨어져 나가, 겨우 유지되어 있는 몸과 그 위에 붙어있는 얼굴만 있는 상황이기도 했다.

벌써 죽었는지도 모른다.

거기까지 확인한 나는 바로 극한의 시간대로 돌입했다.

극한의 영역 바깥에서는 죽은 상태와 다를 바 없지만, 이 안에서는 다행히도 백운신검의 정신이 남아 있었다.

누구 마음대로 죽는단 말이냐!

화가 머리끝까지 치민 나머지, 말이 제대로 나오지 않았다. 죽어가고 있는 와중에도 희미하게 웃고 있는 저 얼굴을 보니 더욱 그랬다. 순간 백운신검의 얼굴에서 웃음기가 사라졌다.

제 표정이 나를 자극하고 있다는 사실을 모를 리가 없을 테니까.

"죽기까지 얼마나 남았지?"

"지금……."

이 간악한 계집이 무책임한 대답을 내놓았다. 나는 극도의 분노로 온몸을 떨면서도, 이것의 얼굴을 밟아 버리지는 않았다.

그때 백운신검의 눈길이 옆으로 돌아가 흑천마검의 파

편이 담겨 있는 쪽으로 향했다.

"설마 우리 같은 위대한 존재가…… 저런 식으로 소생이 될 거라 생각하는 건 아니겠지요? 교주의…… 공력으로요? 초대 교주는 우리를……."

이 계집은 정말이지 간악하였으며 또 무책임하였다.

진짜, 그 말이 끝이었다.

내게 백 가지 설명을 들려줘야 하지만, 제 할 말도 다 끝내지 못한 채 가버렸다. 기다려도 소용없는 일이란 걸 알았다. 흑천마검의 파편을 바라보던 두 눈이 빛을 잃었기 때문이었다.

날 선 감각을 풀었다.

한없이 느릿했던 시간의 영역이 정상으로 돌아오며, 겨우 얼굴과 몸통만 남아있던 백운신검의 형체가 파편 조각으로 무너져 내렸다.

설아와 눈이 마주친 시점에서, 설아의 뻘개진 두 눈에 맺혀 있던 눈물이 뚝 떨어졌다.

나는 설아와 영아의 얼굴에 붙어있는 옛 살점들이 신경 쓰였다.

얼마 남아있지 않은 공력으로 증기를 일으켜 두 여자의 얼굴을 깨끗이 씻기자, 설아의 만면에 서린 겁에 질린 마음이 더 뚜렷하게 드러났다.

설아가 부들부들 떨리는 팔로 내 얼굴을 더듬었다.

"교…… 교주님이십니까……."

나는 고개를 끄덕인 다음, 자지러지게 울고 있는 영아 쪽을 턱짓해 가리켰다. 그제야 설아는 영아를 품에 안아 들었는데, 포대기 아래에서 핏물이 주르륵 흘러내렸다.

설아가 크게 놀라서 포대기를 풀었다.

나도 심장이 덜컥 내려앉아 두 눈을 부릅뜨고 보았다. 다행히도 영아가 입은 상처는 없고, 나나 옥제황월로 추정되는 것에게서 뻗쳐 나왔던 핏물에 불과했다.

영아는 계속 울고, 설아도 좀처럼 진정하지 못했다.

딸꾹질을 하다가 갑자기 숨을 쉬지 못하는가 하면, 동시에 시베리아 벌판에 나신으로 선 것마냥 바들바들 떨어 댔다.

나는 설아가 진정할 때까지, 가만히 끌어안고만 있었다.

"갑자기 교주님께서……."

설아가 그렇게 입술을 뗐을 때, 설아는 내 팔이었던 고깃덩어리를 바라보고 있었다. 저 팔만큼은 용케도 터져버리지 않고서, 간신히 팔이었던 형체를 유지한 채로 떨어져 나왔다.

설아가 보기로서니, 이질적일 수밖에 없는 광경이었다.

하물며 재생되기 직전에 내가 얼마나 참혹한 모습이었

을지는, 그걸 본 당사자인 설아밖에 모르는 일이었다. 나
도 그저 굉장히 끔찍했을 거라, 추정만 할 수 있을 뿐이
다.

"그날보다 더……. 정말이지…… 참혹한 모습이셨습니
다……."

나는 전부 이해한다는 뜻으로 고개를 끄덕거렸다. 그리
고는 계속 울음을 그치지 않는 영아를 설아의 품에서 데
려왔다.

"영아는 내가 달랠 테니, 너는 저걸 모아줄 수 있겠느
냐?"

설아의 관심을 백운신검의 파편으로 돌렸다. 지금 설아
에게는 핏물 가득한 내 품 안보다도, 넋 놓고 할 어떤 일
이 필요했다.

그건 나도 마찬가지로.

진짜 그렇지는 않겠지만, 나를 죽음의 순간까지 몰아
넣었던 끔찍한 고통이 희미하게 잔존하고 있는 것만 같았
다.

조절을 끝마치는 순간, 심장은 어김없이 또 빠르게 뛰
기 시작한다. 잊고 있던 기억들이 하나둘 깨어나고 있었
다.

           *   *   *

  그 힘은 드래곤으로 추정되는 어떤 존재의 공격체 하나
에 불과하지, 드래곤 자체는 아니었다.

  드래곤은 인과율의 조각 세 개가 합쳐진 당시만 해도
대적할 수 있는 존재가 아니었다. 하물며 네 개, 어쩌면
저 세상의 모든 인과율 조각이 하나가 된 존재가 되어 있
을지도 모른다.

  그런 존재가 이 중원으로 넘어왔고, 또 이 세상을 적대
시한다면, 이 세상의 미래에는 파멸밖에 없었다.

  거기서부터 의문이 시작된다.

  드래곤이 완전해졌다면, 과연 중원으로 넘어올 수 있을
까? 넘어오지 못하기에 거기서 그친 것은 아니었을까?

  그 공격은 정말로 드래곤에게서 나온 것이었을까?

  부활하지 않는 살덩어리는 정녕 옥제황월이 맞는가?

  맞다고 해도 옥제황월은 어떻게 백운신검과 함께하게
되었으며, 백운신검은 드래곤의 속박에서 어떻게 풀려났
던 것인가?

  도대체 저 세상에서는 무슨 일이 일어나고 있는 중인
가?

또 백운신검마저 나와 버린 저쪽 세상의 시간은 어떻게 되는 것인가?

백운신검이 말하는 대로, 공력을 불어넣어 소생시키는 게 아니라면 어떤 방법으로 소생시켜야 한단 말인가? 이렇듯 완성되고 있는데?

초대 교주는 과연 어떻게 하였기에?

이 모든 의문에 대한 답을 내놓아야 할, 백운신검은 흑천마검과 같이 죽어버렸다.

남겨진 의문은 또 있다. 그 물음은 백운신검이 아니라 명왕단천공에 관한 것으로, 나를 죽음의 경계 너머에서 끄집어낸 자극에 있었다.

어쨌든 내 소중한 안식은 난데없이 깨져버렸고, 설아도 큰 상처를 받아버렸다. 어쩌면 이날이 영아의 무의식에도 영향을 끼치게 될지도 모르는 점이, 정말로 가슴 아팠다. 핏물을 뒤집어쓰고, 살점이 온몸에 달라붙고 말았으니.

우리는 시가지에서 걷어온 옷으로 갈아입고서 암자에서 나왔다.

"영아를 데리고 관아에 가 있겠습니다."

마음을 다잡기 위해서일까, 설아는 힘을 쥐어 짜내듯 말했다.

우리의 신혼은 여기서 끝이 났다. 설아도 그걸 알고 있었다. 설아의 시선은 벌써 저 산 아래, 불이 밝혀진 의창 관아로 향해 있었다.

"부디 심려치……."

나는 그렇게 말하는 설아를 두 팔에 받쳐 안았다.

내 품에 안겨진 설아, 그리고 그 설아의 품에 안겨진 영아.

두 여자의 선한 눈망울이 나를 빤히 올려다봤다.

"아니다. 이대로 나와 함께 가자. 아무리 생각해도 내곁 이상으로 안전한 곳이 없는 것 같구나. 바로 돌아가자. 본산으로."

                    *   *   *

천년금박은 내 명령에 의해 완전히 봉인되어 있었다. 혼심사문의 몇 가지 절진에 더불어, 본교의 만년한철을 모조리 끌어 모아 만든 문은 흡사 불가침(不可侵)의 상징처럼 보였다.

하지만 그것만으로는 마음이 놓이지 않아, 보연당의 보안 체계를 천년금박으로 옮기는 작업을 마쳤다. 그에 따라 혼원귀(混元鬼) 또한 천년금박으로 옮겨졌다.

혼원귀의 존재를 아는 자는 본교에서도 극히 드물다. 천년금박의 문 앞에 자욱하게 퍼져 있는 안개가 한곳으로 응집되어 점점 인형을 갖추었고, 이 교도가 본교의 보물을 지켜온 혼원귀였다.

안쓰러운 교도다. 일평생 어둠속에 속박된 운명을 타고났으니까.

"금일 이후로, 너를 강제하고 있던 속박의 금제(禁制)를 해제하겠다. 천년금박에서 일어나는 모든 일에 대해, 네가 직접 감독하고 본좌에게 보고하거라. 해낼 수 있겠느냐?"

혼원귀의 입술이 천천히 열린다. 아마도 당대의 혼원귀가 된 이래로, 처음 여는 말문일 것이다.

"예……."

혼원귀의 뻐금거리던 입에서 쉰 목소리가 간신히 새어나왔다.

"알고 있거라. 천년금박은 안에는 본교뿐만 아니라 온 천하에 심각한 위험이 되는 것들이 산재하니, 그 무엇이 들어가서도 나와서도 아니 될 것이다."

그러면서 나는 천서고에서 들고 나온 비급 하나를 품안에서 꺼냈다.

혼원일기공(混元一氣功).

혼원귀가 혼원기로 존재할 수 있게 만들어온 상승의 요
체가 담겨 있는 그것이다. 나는 거기에 나름대로의 주석
을 첨부했다. 내 주석이 혼원귀의 혼원일기공을 몇 단계
끌어올려 주리라.

혼원귀는 오랫동안 사회와 단절된 채 어둠속에만 머물
러 왔던 탓에, 감정의 표현이 서툴렀다. 그래도 떨리는 손
만큼은 솔직했다.

"네 임무는 네가 생각하는 그 무엇 이상으로, 극히 중
요하다. 네가 하기에 따라서 본교를 살릴 수도 죽일 수도
있을 것이니라. 하니, 티끌만큼 작은 변화도 빠짐없이 보
고토록 하라."

마지막으로 십이양공 극성의 기운을 안채(眼彩)에 실어
보냈다.

— 천년금박에 어떤 호기심도 갖지 마라.

안타까운 운명을 살아온 교도를 위한, 진심 어린 경고
였다.

*　　*　　*

두 겹의 포대기에 호신(護身)의 기운까지 걸쳐 두어 바람을 막았다. 그런데도 본교에 들어올 무렵 영아의 체온이 올라갔고, 끝내 마른기침을 하기 시작했다. 콧물도 설사도 있었다.

신생아에게는 꽤 무리가 될 수 있는 일정이라는 사실을 알고 있었으면서도, 나는 그것을 감행하고 말았던 것이다. 신생아의 약한 몸을 생각지 않고 십이양공의 기운을 너무 맹신한 탓이었다.

설아는 자책하는 나를 위로해 왔다.

이맘때쯤의 아기들이 곧잘 아프기 시작하는 것은 성장통과 같은 것이니, 일정과는 상관없는 바였다고 말이다.

그래도 내 마음은 그게 아니었다.

이미 암자에서 보여 주고 싶지 않은 것을 보여 주고 말았는데, 지금은 그렁그렁 안 좋은 숨을 쉬고 있기까지 하니 마음이 힘들었다.

병균성 질환에 취약한 마법 대신 침을 놓았었다. 신생아에게 독하지 않은 약한 성질의 탕도 만들어 몇 수저 먹였었다.

혼원귀를 만나고 돌아왔을 때, 설아는 지존천실의 침소 안에서 엄지와 검지로 영아의 콧잔등을 부드럽게 마시지하고 있었다.

"열이 많이 내렸어요."

실내로 들어오면서 이미 파악하고 있던 바였어도, 그 사실을 설아에게 직접 듣게 될 때의 마음은 또 달랐다.

보다 마음이 놓인다.

그동안 힘들어하는 영아를 보며, 얼마나 노심초사했던가.

극한의 시간대에 돌입하면 영아의 차도를 알 수 없는 그 상황이 나를 더 안절부절못하게 만들어 왔었다. 그래서 영아의 차도를 확인한 이후로 미루어 왔다.

나는 설아 옆에 걸터앉아, 한결 나아진 영아의 숨소리를 들었다.

비로소 일을 시작할 수 있겠구나 싶었다.

천천히 감각을 끌어올렸다.

극한의 시간대에 돌입한 채로, 지존천실의 비밀 장소인 천서고로 향했다.

노랗고 불그스름한 야명주 빛이 가득 찬 지하 통로의 끝에 십이양공의 기운을 흘려보내야 열리는 철문이 있고, 그 안에는 본교와 정마교의 뿌리인 존마교, 그곳의 초대 교주인 혈마가 창안한 수많은 무공 비급과 기타 고서들이 잠들어 있다.

어린 시절에는 혈마가 그저 대단한 사람이구나 하고 넘

어갔던 일이 그와 같은 위치에 서니 다르게 다가온다.

이를테면 장장 수백여 가지가 넘는 무공들이 그렇다. 초대 교주는 그의 이상을 실현하는 방안으로 이 많은 무공들을 창시했다.

하지만 말뿐이 아니라, 정녕 그 많은 무공을 창시하기 위해서 그가 들였던 세월과 인내 그리고 고독은 얼마큼 길었을까.

가히 생각될 수 없다.

뿐만 아니라 혈마가 창시한 무공은 이곳 천서고뿐만 아니라 두 번째 무고인 혈서당에도 많았다.

그러한 정신의 깊이로 볼 때, 혈마는 진정한 탈인(脫人)의 경지를 이루었다. 나 같이 반쪽짜리가 아니라.

혈마 그리고 그의 삶이 더욱 궁금해졌다.

하지만 일전에도 확인한 바와 같이 천서고에 남아있는 기록은 존마교가 둘로 나누어진 이후부터로, 혈마교의 1대 교주부터 시작된다.

그리고 그 기록들마저도 조선왕조실록처럼 연대별로 상세히 기록된 것이 아니라, 사후(死後)에 그의 업적을 몇 문장으로 축약해 놓은 게 전부였다.

그러니 내 직전인 20대 교주, 검마의 기록은 적혀 있지도 않았다.

천서고에서 비중 있게 다루고 있는 기록들은 전대교주들의 삶이 아니라, 그들이 후대를 위해 남겨 둔 안배들로 예컨대 독아진류회나 십시에 펼쳐진 대진법 같은 것이었다.

그리고 전대교주들은 흑천마검에 대해서는 어떤 기록도 남기지 않았다. 그것은 대대로 내려오는 교주 비전, 명왕단천공에도 예외가 아니었다.

이상한 일이다.

역대 교주들은 그들이 남겨둔 안배에 대해서는 장황한 기록을 남겼으면서도, 흑천마검의 위험성과 명왕단천공의 위대함에 대해서는 마치 약속이라도 한 듯이 다루지 않았다.

명왕단천공의 위대함을 깨닫지 못했다고 하여도, 흑천마검에 대해서는 경고할 법도 한데 아무도 그러지 않았다.

단언컨대 존마교의 초대 교주, 혈마 외에는 지금의 내 경지에 통달한 교주가 없다. 나를 중원으로 불러온 전대교주 또한 십이양공의 십일성 벽에 막혀 있던 것으로 추정된다.

그래서 역대 교주 누구도 명왕단천공의 위대함을 깨닫지 못했던 것일까. 그래서 흑천마검이 군침을 흘릴 만한 먹잇감이 되지 못했던 것일까.

나는 공을 들여서 천서고 전체를 뒤지고 난 후에, 여기에서는 이 이상의 비밀을 파헤치지 못할 것이라 판단했다.

딱 그때쯤 한 가지 깨닫고 말았는데, 역대 교주들은 장수하지 못했다는 사실이다.

존마교가 혈마교와 정마교로 갈라진 지 오백 년.

그동안 혈마교주가 스무 번 바뀌었으니, 평균 나이 오십 세다.

명왕단천공과 십이양공을 대물림해 온 역대 교주들의 평균 나이가 그 정도밖에 되지 않는다는 것은 비정상적인 일이 아닐 수 없다.

"……!"

그때 천서고의 바닥에 찍혀 있는 발자국들이 눈에 들어왔다.

역대 교주들이 무공을 수련하면서 남긴 흔적들로만 여겼던 그것에, 나는 두 눈을 부릅떴다.

확인할 게 생겼다.

감숙성 천악산.

흑웅혈마를 따라 본교로 들어갔었던 그 길들을 따라가

다 보니, 곳곳에 깃든 추억이 하나씩 떠오르기 시작했다.

설아와 색목도왕과도 함께 왔던 적이 있었다. 그때 우리를 쫓아왔던 추살대가 사인살마라고 불리는 배교도들이었지.

정말이지도 오래된 그 옛날의 일들이 여기에서는 불과 삼 년밖에 되지 않은 일이라는 증거가, 바로 내 눈앞에 있었다.

작은 무덤이 만들어진 지 불과 몇 년이라, 잡초라 불릴 만한 것도 찾기 힘들다.

"오랜만이오. 몰라볼까봐 말하건대, 당신이 끄집어냈던 철부지가 바로 나요."

무덤 속의 고인이 내 말에 응답이라도 하듯, 선선한 바람이 마침 불었다.

"어딘가에서 봐왔다면, 당신의 후인된 자가 당신의 안식을 깨트리는 걸 양해해 줄 거라 믿소. 어쩌면 당신도······."

나는 입을 다물며 무덤의 흙을 전부 드러냈다.

혹여나 했는데, 전대교주의 시신은 삼 년 조금 넘은 시간 동안 백골(白骨)로 변해 있었다. 모든 걸 내게 주입하고 하직했으니 그럴 수밖에.

나는 어쩐지 쓸쓸해지는 마음으로 고인을 향해 고개를 숙였다.

그리고 다시 고개를 들었을 때, 내 기운에 움직인 뼈들이 눈앞으로 떠올랐다. 뼈에 묻어 있는 흙들이 기풍에 날리고, 뼈들은 기립(起立)의 형상으로 짜 맞춰졌다.

그러니 보인다.

타고난 골격이.

"역시, 당신이 또 다른 나였군."

하지만 거기서 끝나는 문제가 아니었다.

나는 천서고의 바닥에 찍혀 있는 발자국들을 떠올렸다.

한 사람의 발자국이 아니었다.

백 년, 이백 년, 삼백 년, 더 오래된 것도 있었다.

하지만 그 많은 발자국의 크기는 신기할 정도로 똑같았다.

물론 크기가 다른 것도 있기는 했다. 그러나 수련의 궤적을 따라 가다 보면, 성장한 발자국의 크기가 결국엔 하나로 같아진다.

"그런데 당신도 이 세상으로 불려온 것이었지……."

어디서부터 시작된 것일까.

혈마교의 1대 교주?

아니면 존마교의 혈마?

본교에서 찾을 수 있는 퍼즐 조각은 여기까지로 생각됐다.

작별을 고하고 떠날 시간이다.

스르르.

흩어졌던 흙이 다시 밀려와 봉문을 만들고, 저 위의 계곡부터 시작된 물줄기가 새로 파여 주변을 빙 둘러 미끄러진다. 저 앞의 거대한 암석도 자그마한 돌멩이들도 전부 날아와, 산수(山水)의 조화에 맞춰 자리를 잡아 나갔다. 옆으로 비스듬히 기운 노송은 이름 새겨지지 않은 비석의 옆에 다시 뿌리를 내렸다.

"편히 쉬시오. 오래전에 어떤 세상에서 온…… 또 다른 나여."

나는 서쪽으로 몸을 틀었다.

정마교의 총체가 있는 그곳.

파미르 고원을 향해.

제3장

파미르 고원

　만년설을 얹은 봉우리가 끝없이 이어져 있다. 정상에서 녹은 눈이 크고 작은 하천을 이루어, 광활히 펼쳐진 초원으로 내려온다. 천막이 밀집된 곳곳의 거주지에선 연기가 올라온다.

　사이사이 피어오르는 아지랑이마냥 올라오는 그것에는 산양 젖 냄새가 벌써 물씬하고, 할아버지와 손자는 말에 마구를 채우며, 여인네들은 햇살에 말려둔 양탄자와 이불을 걷고 있는 중이다.

　하지만 산맥 하나를 더 넘었을 때부터 인적이 사라졌다.

　평화로운 광경은 여전해도, 초원의 짐승만이 있지 천막

의 둥근 지붕은 어디에도 보이지 않는다. 이유는 바로 전
방에 있다.

본시 빙하를 머리에 인 채 좌우로 펼쳐져 있어야 할 봉
우리가 거기에·더는 없었다. 그날의 차후(此後)보다 심각
했다. 드래곤이 우주의 먼지를 떨어트렸던 그날 말이다.
전방의 저 먼 쪽은 무너지고, 뒤엎어져 버린 봉우리들에
서 터져 나온 흙더미로 아주 엉망이었다.

그리고 거리를 좁혀 감에 따라, 거대 재앙의 흔적들이
다분하게 나타나기 시작했다.

물이 사라진 혹성의 오래된 계곡을 그대로 가져다 놓은
듯하다. 갈래갈래 갈라져서 지반 깊숙한 곳을 적나라하게
드러내고, 또 어떤 곳은 마그마가 굳어 생긴 화강암으로
뒤덮여 있었다.

당시의 기억이 어김없이 떠오른다.

나는 흑천마검에게, 옥제황월은 백운신검에게 육체를
빼앗겼었다.

거대한 파미르 고원을 크게 셋으로 나누자면, 그중 삼
분의 일이 두 반신이 만들어낸 단 한 번의 섬광으로 완전
히 파괴되었다. 그리고 예전의 모습을 찾으려면, 지금껏
인류가 살아온 시간들의 몇 갑절 되는 시간이 흘러가야만
할 것 같았다.

나는 조금 더 움직였다.

파미르 고원은 그 자체만으로도 사람이 살 만하였기 때문에, 십시와 같은 대진법이 필요 없었다.

정마교의 총체를 찾는 건 그리 어려운 일이 아니었다. 하지만 돌로 축성된 그들의 많은 고성(古城)들이 재앙의 끄트머리에 걸치고 말아서, 총체 중의 반절이 거기에 휩쓸린 상태였다.

여기에선 또 얼마나 많은 사람들이 비명에 갔을까.

정마교가 조용해진 데에는 다 이유가 있었다.

정마교의 총체를 보호하고 있었을 절진 또한 그날에 파괴되었다. 난데없이 떨어진 섬광으로, 정마교는 너무도 많은 걸 잃었다.

이 무슨 운명의 장난인가.

나는 극한의 시간대에서 빠져나와 정마교도들에게 모습을 드러냈다.

본교의 혈운대쯤 되는, 정마교의 경비병들이 나를 발견했다. 고원의 차가운 바람에 펄럭거리고 있는 내 붉은 장포도 그때 봤을 것이다.

양털로 짜고 색을 입힌 검은 천들이 보였다. 그것을 얼굴과 온몸에 두른 자들이 내 주위로 귀신같이 몰려들기 시작했다.

그 수가 금방 이백을 넘어갔다.

"반교(半敎)의 거마인가. 감히……."

능숙한 중원어. 그리고 무(無)로 사라진 시간대에서 들었던 똑같은 말.

옛날이 생각났다.

다만 그때와 다른 것은, 그의 말에 내가 대꾸하지 않은 점에 있다. 내 몸에 가득 차 있는 극성의 공력이 순간에 세상 밖으로 나왔다.

나는 이미 엉망이 될 대로 된 이 땅을 또 뒤집어 놓고 싶지 않았다.

기운을 오롯이 내 주위와 상층으로만 퍼트리되, 땅을 건드리지 못하게 하였다. 나와 전부를 둘러싼 세상이 바로 붉어졌다.

이 붉은 안개 속에서 머물러진 정마교도의 생사(生死)는 바로 내 마음에 있었다. 미사일 버튼을 누르듯 그저 마음의 버튼을 꾹 누르면, 모두 죽는다.

정마교도들은 그들의 교주에게서도 느껴보지 못할 강대한 기운에, 다가온 그대로 망부석처럼 변해버렸다.

"나는 혈마다."

내 음성이 붉은 세상 안에 자리한 정마교도 한 명 한 명을 에워쌌다.

나는 붉은 세상을 달고서 다시 움직였다. 모두를 스쳐 간 나는 나대로 등을 훤히 드러냈어도, 어느 누구도 나를 공격하지 못했다.

전부는 본능적으로 느끼고 있었다. 그들의 목숨이 내게 달렸음을.

한편, 나는 약간 걱정이 되었다. 재앙에 휩쓸려버린 정마교 총체 중 반절에, 본교의 천서고 같은 건물이 없길 바랐다.

온갖 기운들이 빠르게 쇄도해 들어오기 시작했다. 그것들은 남겨진 성들 안에서 끊임없이 쏟아져 나오고, 또 어떤 것들은 사방으로 흩어지기도 했다.

그러는 때 이쪽으로 온 누구도, 내가 만들어낸 붉은 세상으로 들어올 엄두를 내지 못했다. 그러니 붉은 세상이 만들어낸 이쪽과 저쪽의 경계가 점점 더 뚜렷해지고 있었다.

총체의 영역으로 들어간 이후, 내 앞을 가로막는 자가 있었다.

붉은 운무(雲霧)로 자욱한 이 안이 아니라, 다른 이들과 같이 경계면 바깥에서였다.

"반교의 교주께선 그만 멈춰 주시오."

이번에도 사투리가 가득한 이슬람어가 아니라 중원어였다.

나는 걸음을 멈추지 않았고, 나를 둘러싼 붉은 세상도 앞으로 밀려나갔다.

그자는 서 있던 자리에서 움직이지 않았다.

그리고는 이 세상 안에 도사리고 있는 강대한 기운을 다시금 느끼고 말았는지, 다리에 힘이 풀려 주저앉고 말았다.

그래도 녀석은 행운아였다. 왜냐하면 녀석은 이 십이양공과 동류의 기운을 품고 있는, 정마교주의 제자였기 때문이다.

깨달음을 얻을 준비가 되어있다면 내가 저쪽 세상의 폭발 속에서 십이양공의 극성을 이루었듯이, 그 또한 극열(極熱)의 기운이 사정없이 퍼져있는 이 세상에서 어떤 깨달음을 얻을 수 있으리라.

주저앉은 그는 정마교주의 첫째 제자로 여겨졌다. 중원식 이름으로는 마휘련(魔輝煉). 관록 있는 늑대같이 생긴 것이 언젠가 들었던 그의 용모와도 흡사했다.

한편, 마휘련은 깨달음을 얻을 준비가 되어 있는 자였다.

나는 거대한 충격을 받은 듯, 입을 쩍 벌리고 있는 녀석의 얼굴에서 녀석이 깨달음의 순간에 도달하였다는 것을 알아차릴 수 있었다.

녀석에게는 무한의 시간처럼 느껴지겠지만, 여기에서는 찰나다.

한 단계 벽을 깨고 나온 녀석의 눈빛이 순간에 번뜩였다.

십성 수준의 광채(光彩).

그러나 그보다 훨씬 지고한, 이 붉은 세상 안으로 사그라지고 만다.

그럼에도 불구하고 녀석은 온갖 쾌락을 그 몸으로 전부 겪은 듯한 표정이었다. 그리고 이내 정신을 차렸다.

다른 녀석들이 내 기운에서 죽음의 위협을 본능적으로 느끼고 있는 반면, 이 녀석은 지금에 이르러 달라졌다. 직전에 도달하였던 깨달음과 희락(喜樂)이 녀석의 안목을 더 높였다.

나를 올려다보는 녀석의 두 눈에 지극한 존외(尊畏)가 담겼다.

동류이기에. 그래서 육신과 정신 전체로 느껴지는 것이다. 내 힘이 무엇인지.

"십양(十陽)에 들어섰군."

녀석은 아무 말 못 하고 입술만 덜덜 떨었다. 그러나 눈 빛만은 십성의 기운이 솟구쳤다가 꺼지길 반복하며, 내게 애걸복걸하고 있었다.

제발 살려 주십시오.

"네가 마휘련이냐."

이번에도 대답하지 못하긴 마찬가지였다.

주위로 자욱한 운무에 움직임이 시작됐다. 녀석을 중심 으로 약간 뭉치는가 싶더니, 녀석의 몸에 난 구멍들을 들 어갔다 나오길 시작했다.

다시 확인해 보아도, 정마교의 내공은 정말로 본교와 동류다.

"일어나라."

그럴 생각이 조금도 없어 보이는 녀석을, 내 기운이 강 제로 일으켜 세웠던 그때.

"소교주님을 보호해라!"

바깥에서 녀석을 두고 소교주라 부르는 소리가 났다. 그 멍청한 명령에 따라, 안타깝게도 내가 만들어낸 세상 으로 들어온 자들이 있었다. 명령하였던 당사자도 물론 함께였다.

태워 죽일 것인지, 흔적조차 남기지 않고 소멸시켜 버 릴 것인지, 질식시킬 것인지, 사지를 끊을 것인지, 얼굴을 갈라 버릴 것인지, 심장을 꿰뚫어 버릴 것인지, 내장을 쥐어짤 것인지…….

어떤 무엇이라도 가능했다.

이 세상에 들어온 자들 또한, 들어온 순간에 느끼고 말았을 것이다. 그래서 질겁하고 몸을 빼내려는 것도 있었으나, 이 세상의 시간 또한 내 의지에 달렸다.

나는 들어온 사백여 명의 정마교도들을 죽이지 않았다. 내가 선택한 방법은 그들의 몸에 깃든 내공을 전부 태우는 것이었다.

"으아아악!"

"크어어!"

고통은 있겠지만 목숨은 차질 없이 붙어 있을 것이고, 살겠지만 무공을 잃을 것이다.

나는 마휘련이 소교주라 불리었던 것을 다시 생각하며 녀석을 쳐다봤다. 내 눈빛을 정면으로 쳐다보게 된 녀석은 이렇게 중얼거렸다.

"마…… 마신(魔神)."

"소교주라 들었다. 마휘련. 너희들의 교주가 일곱 중에 너를 후계로 정한 것이로구나."

내가 말했다.

정마교주는 여덟 제자를 두었다. 그런데 후계인 소교주

가 될 거라 가장 유력하다는 제자는, 정마교의 호교군장위(位)에 있었던 녀석으로 북천축에서 죽었다.

그때까지만 해도 정마교주는 후계를 지정하지 않았다. 그리고 지금 내 앞에는, 그사이에 정해진 후계자가 있었다.

그 말인 즉, 정마교주의 진전이 이 녀석에게로 이어졌다는 것인데 정말 그럴까?

"이 나와 겨뤄보겠느냐?"

"대, 대적할 수……."

십성의 깨달음을 얻었어도, 녀석은 뒷걸음질치고 있었다.

"하는 수 없지."

나는 그렇게 뇌까리며 기운을 움직였다. 응집되어 몇 개의 동아줄같이 형용을 갖춘 기운들이 녀석의 목과 사지로 뻗어 나갔다.

녀석이 황급히 십성의 공력을 발출했으나, 그 또한 지금까지 그랬듯이 나오자마자 이 세상 안으로 사라지고 마는 것이었다.

정마교의 진전 내공이 본교와 동류라면, 명왕단천공 또한 닮아 있을까?

명왕단천공 십이식은 명왕단천공의 본류(本流)로 들어가는 열쇠에 불과하지만, 그것만으로도 시험해 보기에 충분히 알맞다.

지왕세!

녀석의 좌완(左腕)이 확 꺾였다. 녀석도 나름대로 저항하려는 것 같았으나, 동아줄 같이 돌돌 말려진 극열의 기운들을 이겨낼 리가 없었다.

수왕세!

녀석이 두 다리가 옆으로 벌리고.

천왕세!

녀석의 허리가 튕기는가 싶더니 허공으로 떠올라서 자세를 완성시켰다.

총 십이식 중에 삼식을 해보았을 뿐인데, 더 할 필요가 없었다. 확신하건대, 녀석은 명왕단천공과 동류의 무공을 익혀 본 적이 없다.

자세를 완성하며 이어지려는 움직임은 물론이고, 명왕단천공 특유의 의식 반응으로 추정되는 낌새 또한 조금도 보이지 않았다.

정마교주가 진전을 전부 이어주지 않은 것인가.

하긴…….

나는 녀석을 옭아맸던 기운들을 전부 운무로 돌렸다. 녀석이 땅으로 떨어졌다.

"정마교주는 어디에 있느냐."

내 음성의 파장에 따라 붉은 세상 전체가 출렁였다.

*　　　*　　　*

사실 명왕단천공은 무공이라 불릴 수 없다. 엄밀히 말하자면 무의식 및 두뇌의 초능적인 능력을 발현할 수 있게 하는, 그 실현 방법에 가깝다.

극한의 시간대에서 오랜 세월을 보냈을 때, 명왕단천공의 원리를 파고든 적이 있었다.

명왕단천공은 대충 훑어보고 지나가 기억도 나지 않는 천서고의 비급들을 적절한 순간에 떠올린다.

하지만 명왕단천공의 진정한 능력은 기억의 복원에 있지 않다. 기억을 끄집어내는 것으로 끝나는 게 아니라, 오랜 세월 수련한 것마냥 그 무공의 흐름으로 이 몸을 자연히 이끈다.

하물며!

적아(敵我)를 구분하여 무의식에 깃든 적의 정보를 파악, 환경을 읽어, 가장 최적의 수들을 이미지로 보여주는 연산 능력은 어떠한가.

일찍이 극한의 시간대에서 다섯 개의 무공을 창시한 나라고 할지라도, 어떠한 원리로 그런 것이 가능한지는 조금도 생각해 내지 못했다. 명왕단천공의 원리를 궁리한다는 것은, 뿌연 안개 숲을 정처 없이 헤매고 다니는 것과 다를 바 없었다.

혈마의 흔적을 찾아 여기에 왔지만, 명왕단천공에 얽힌 비밀 또한 풀길 소원하는 바였다.

이는 명왕단천공이 흑천마검의 유일한 통제 수단이기 이전에, 혼자서는 결코 풀 수 없는 수수께끼였기 때문이었다.

그런 의미로 정마교의 소교주, 마휘련에게는 더는 볼일이 없었다.

위구르 양식의 여러 고성(古城)들 중에, 나는 한 곳을 특정해 바라보았다. 거기에서 정마교주로 추정되는 기운이 빠르게 나왔다.

그리고 그가 모습을 드러냈을 때, 그조차도 내가 만들어낸 영역 안으로 섣불리 들어오지 못했다.

쉬아아악.

사방으로 자욱했던 붉은 운무가 내 몸 안으로 빨려 들어왔다.

그때 허헉, 하는 마휘련의 숨통 트이는 소리가 앞에서

났다.

정마교주는 예전의 모습과 많이 달라져 있었다. 바위같이 단단해 보이면서 쩍쩍 갈라져 있던 전완근은 수분 빠진 고깃덩어리처럼 변해 있고, 고원의 암석같이 드넓었던 체구도 쪼그라들어 있었다.

그러나 외관만 그렇지, 그 안에 도사리고 있는 기운은 보다 강렬해졌다.

다 헤진 그의 의복으로 볼 때, 그는 지금껏 폐관 중에 있었다.

"교주님을 뵈옵니다!"

사방에 몰려들어 있던 정마교도 전체가 그들의 교주를 향해 엎드렸다.

그리고 그들의 교주가 난데없이 들어온 반교의 교주를 물리칠 거라 의심치 않았다. 단 한 사람, 소교주 마휘련만 제외하고.

"예의 없는 교도들을 살려준 걸 감사드리오. 혈마교주."

정마교주의 첫 언사 또한 그날의 반복이었다. 처음은 가면 쓴 모습부터 시작된다.

"혈마교의 이장로는 과연 셈에 밝더이다. 혈마교에

서 가지고 나온 모든 재물을 내려놓고 목숨을 애걸하였소. 어찌나 그 모습이 측은하던지……. 천둥벌거숭이 같은 어린 것을 교주로 둔 업보가 아니겠소?"

본교의 패망을 고소해 하고, 흑웅혈마를 욕보였으며, 나를 조롱하던 그때만큼은, 그렇게나 오랜 시간을 보내왔으면서도 어제 일처럼 선명했다.

하지만 이리도 차분한 마음인 것은 내가 정마교주를 비롯한 정마교 총체를 마음대로 할 수 있는 경지에 이르렀기 때문만도 아니고, 그러는 나조차 정마교주와 하등 다를 바 없는 미물에 불과하기 때문 또한 아니었다.

지금껏 가졌던 안식이 도움되고 있었다.

저 먼 곳에서 울고 있는 아기의 소리는 영아를 연상케 하고, 고원의 평화로운 풍경은 설아와 함께 장강을 바라보았던 나날들을 생각나게 한다.

그래도 종국에는 처음 대면했던 그날처럼, 양자 간에 가식을 떨쳐낼 수밖에 없다.

나는 후방으로 눈길을 돌렸다. 흑천마검과 백운신검의 충돌로 완전히 뒤엎어진, 그곳에서라면 다치는 사람이 나오지 않으리라.

"저쪽이 좋겠군."

내가 말했다.

정마교주의 미간이 꿈틀거렸다. 주변의 정마교도들도 병장기를 움켜쥔 각자의 주먹에 힘을 실었다.

정마교주는 손을 펼쳐 들었다. 그렇게 그의 교도들을 섣불리 움직이지 못하게 한 다음, 쩍 마른 입술 사이로 괴기한 웃음소리를 흘리기 시작했다.

"크흐흐흐……. 과연 천둥벌거숭이답게 철면피군. 그 힘은 마령(魔靈)의 것이지 네 것이 아니다. 그리도 광오할 자격이 없는 것을. 염치가 없도다."

정마교주는 본교의 전대교주 검마와 있었던 일전을 떠올리고 있었다. 그의 터무니없는 오해는 거기에서 시작됐다.

나는 어떤 반응도 보이지 않았다. 그러니 정마교주의 얼굴에서 웃음이 날아갔다.

그의 시선이 아무것도 쥐어져 있지 않은 내 두 손을 빠르게 훑었다.

정마교주는 내색하지 않으려 하지만, 크게 혼란스러워하는 그의 마음이 다 보였다. 그가 내 뒤를 따라왔다. 우리는 두 반신의 충돌이 있었던 그 땅 위에 서로 마주하고 섰다.

"어떻게 이룬 것인가."

정마교주가 말했다.

"이 나와 겨뤄보겠나?"

"⋯⋯."

"겨루고 싫지 않아도 그래야만 할 것이다."

그러면서 나는 극한의 시간대로 돌입했다.

하지만 예견되었던 실망이 찾아왔다.

일단 그는 극한의 시간대에 반응하지 않았다.

그의 경지는 극성을 이루기 전의 나보다 티끌만 한 차이로 위에 있었다. 물론 초절정의 세계에서는 그 티끌의 차이가 고하(高下)를 구분 짓는다지만, 어디까지나 내가 극성을 이루기 전의 이야기였다.

나는 극한의 시간대에서 빠져나오며, 정마교주의 호흡에 내 호흡을 맞췄다.

동화(同化).

정마교주는 용케도 그걸 눈치챈 것 같았다. 그리고 너무도 굴욕적이었는지, 본인도 모르는 사이에 눈물 한 방울이 뺨으로 내려오던 딱 그 시점에서.

비로소 정마교주의 출수가 시작됐다.

* * *

정마교주는 또 다른 그를 대적하고 있는 셈이었다. 그도 모르지 않았다. 그래서 더 악에 받쳤다.

그러는 사이 정마군(正魔軍)이 일어났다. 고원 각지에서 모여들고 있는 그들의 수가 사정없이 불어나고 있는 중이었다.

그러나 여기는 누구도 끼어들 수 없는 치열한 격전지로, 두 가지 열열(熱熱) 기운이 온 세상을 불태울 것마냥 휘몰아치고 있다.

나는 정마교주가 자신 있는 모든 무공을 시전하게끔 내버려 두었다. 그러면서 면밀히 관찰했다. 하지만 명왕단천공의 동류라 추정되는 어떤 낌새가 그에게서도 보이지 않았다.

관찰이 끝났다.

"컥!"

정마교주는 그의 목과 사지를 얽매고 있는 내 기운에, 그의 첫째 제자가 그러했던 듯이 조금도 대항하지 못했다.

비록 적이라고 해도 차라리 죽일지언정, 치욕적인 모습을 그의 교도들에게 그대로 드러내는 것은 너무도 잔인한 짓이다. 나는 붉은 운무를 거두지 않고 더 진하게 퍼트렸다.

마지막으로 정마교주의 가슴을 가리고 있는 천을 뜯어

냈다.

구절이 새겨진 흉터 또한 역시 없다.

내 경우엔 전이대법과 함께 넘겨진 열기가 때가 되자, 흑천마겁의 위험성을 꿈으로 상기시키며 명왕단천공을 드러냈었다.

흉터는 십이양공으로 깨어나는 명왕단천공의 흔적이다.

정말로 명왕단천공과 비슷한 비전이 정마교에도 전승되어 왔다면, 정마교주도 가슴에 흉터를 가지고 있어야 했다.

"너희 정마교는 본교의 아류(亞流)에 불과했었군."

내가 뇌까렸다.

"힘으로 본교의 정통을 부정할 수는…… 없는 것이니라. 본교가 정통이다. 떨어져 나간 너희가 아니라!"

정마교주가 피를 토하며 말했다. 거기에 나는 고개를 저었다.

"교주는 양공이 껍질에 불과하다는 것을 모르고 있군. 진정 정마교 또한 존마교의 정통을 이었다면, 본교의 명왕단천공과 같은 위대한 진전이 계승되지 않았을 리가 없다."

그런데 정마교주는 치욕에 몸을 떨고 고통에 얼굴을 일

그러트리면서도, 눈빛에 선 확신만큼은 잃지 않고 있었다.

뭔가 있다.

교수대의 동아줄처럼 정마교주의 목을 감싸고 있는 기운이 내 단전 안으로 다시 갈무리 되었을 때, 정마교주가 큭큭 댔다.

울음 삼킨 원통한 웃음이 한동안 계속됐다.

그러던 무렵, 나는 정마교주의 공력이 단전에서 정수리로 몰리고 있음을 느꼈다. 제 머리를 터트려 버릴 심산인 모양인데, 내 앞에서 그게 가능할 리가.

나는 정마교주의 자결 시도를 막고, 그의 얼굴 앞으로 내 얼굴을 바짝 가져갔다. 그리고는 그의 눈 안을 뚫어져라 쳐다보듯 하며 말했다.

"진정 네 교도들에게 치욕스런 꼴을 보이고 싶으냐. 교주된 자가?"

"교좌에 오른 지 이제 삼 년밖에 안 되는 핏덩이에게, 이런 수모를 겪고 마느니. 크흐흐흐. 크크큭……."

"아서라. 교주! 그만한 경지에 이르렀으면서도 보이는 것과 보이지 않는 것을 구분하지 못하다니. 내 너 못지않게 살아왔음이다."

그제야 정마교주의 눈빛이 조금 달라졌다.

"그래 그랬겠지. 어쩐지 낯이 익었다. 더 어려졌지만 바로 그런 얼굴을 하고 있었지. 어찌 잊을 수 있을까. 반로환동(返老還童)하였다니……. 아니다 아니야! 너는 그놈이 아니다. 너는 대체 무엇이냐. 그놈의 자식이겠지. 그런 것이냐."

횡설수설.

달라졌다고 보였던 정마교주의 눈빛이, 도리어 더 흔들리기 시작했다.

정마교주는 순간에 눈을 부릅뜨며 피를 토하듯 말했다.

"바라는 게 무엇이냐."

"지금은 너희 정마교 또한 존마교의 정통을 계승하였다는 증거."

"크흐흐흐……. 승자독식(勝者獨食)으로 만족하거라. 허나 얻는 것이 있는 것만큼 잃게 되는 것이 있음을 잊지 말고 명심하거라. 네 아비의 전철을 밟는 날, 오늘이 생각나고 말 것이니."

"흑천마검을 말하고 있는 것이로군."

그때.

정마교주의 두 눈 바깥으로 희번뜩한 이채가 번질거렸다가 빠르게 사라졌다.

"네 아비는 현명하였다. 하지만 우매하기 짝이 없을 너

를 보니, 내 오늘 죽고 본교가 패망하여도 그렇게나 원통
하지는 않겠구나."

정마교주는 내게 들려줄 이야기를 많이 가지고 있는 것
같았다.

나는 정마교주를 옥죄고 있던 기운을 갈무리하는 동시
에, 정마군들의 시야를 막고 있던 붉은 운무 또한 전부 거
둬들였다.

지면에 내려선 정마교주를 향해 한 주먹을 포개 말했
다.

"교주. 좋은 승부였소. 나머지 이야기는 들어가서 합시
다."

이놈! 무슨 속셈이냐.

두 다리로 오롯이 서 있는 정마교주가, 나를 그렇게 노
려보았다.

— 이 경지에 이르기까지 통달한 바가 있소. 그것은 육
신의 고(苦)에 대한 것으로, 인간의 몸을 하고 있는 한 그
누구도 고통에 익숙해지지도 익숙해질 수도 없다는 것이
라오. 고대의 혈마와 같은 위치에 선 나 또한 그러할진데,
교주는 어떻겠소? 영겁(永劫)의 고통을 감당할 자신이 정
녕 있으시오? 그렇다 대답한다면 내 기꺼이 가르쳐드리리
다. 하지만 교주를 고신하게 만들지 않았으면 하오.

"……."

— 교주. 교주의 교도들이 오매불망 교주만 기다리고
있소.

정마교주는 얼굴을 그대로 고정한 채 눈만 움직였다.
사방에 운집해 있는 정마군들이, 저 너머의 봉우리들처럼
끝없이 이어 서 있다.

정마교주는 적어도 내 앞에서만큼은 침통한 마음을 감
출 수 없었다. 나는 움직일 듯 말 듯하는 그의 떨리는 팔
을 보며, 쐐기를 박았다.

— 오늘은 아무도 죽는 사람이 없는 날로 합시다.

나를 죽일 듯이 노려보는 건 여전하지만, 그도 한 손으
로 주먹을 포개 보였다. 내게 이를 갈고 있는 것 또한 여
전하지만, 그 입 밖으로 나오는 말은 결국 달라져 있었다.

"좋소이다."

일대가 술렁였다.

혈마교주와 정마교주, 혹은 정마교주와 혈마교주.

두 거대 종사(宗師)가 전설적인 대결을 통해 서로를 인
정한 것처럼 보였으리라.

＊　　　＊　　　＊

떨어져 나간 게 본교라고 일갈하던 정마교주의 말이 그렇게 틀린 것 같지는 않았다. 왜냐하면 정마교가 현재 기반으로 삼고 있는 건축물들이, 다 그렇듯이 고대의 유물이기 때문이다.

유구한 세월의 흔적이 깃들어 있는 그것들을 보노라면, 본교의 전대교주들이 정마교를 둘러싼 진실들을 일부러 감춰왔다는 의심을 지우려야 지울 수가 없다.

당장 보이는 성만 하더라도 열두 개. 오래된 돌성이라고 치부하기에는 무척이나 견고하고, 위치가 유기적으로 이어진 것이 상당히 전략적이다.

저 땅 속에 묻혀버린 성들까지 온전하였다면, 여기 정마교의 영역은 생로(生路)가 따로 없는 위험한 군진과 같은 양상을 띠고 있었을 것이다. 이러니 그 오랜 세월 동안 이슬람 제국의 하라마탄으로부터 불변할 수 있었던 것 같았다.

정마교주를 따라 열두 개의 돌성 중에 한 곳으로 들어갔다.

그곳은 둥그렇게 뚫린 창마다 파미르 고원의 산수(山水)를 고스란히 드러내어, 예술적 정취 또한 인상 깊은 곳이었다.

나는 정마교주의 친위대와 이 성을 지키고 있는 또 다

른 그림자들이 전부 사라지길 기다렸고, 정마교주도 단한 번의 명령으로 성안의 정마교도들을 전부 바깥으로 내보냈다.

큰 성에 우리 둘만 남았다.

"내 경지가 어떤 것 같소?"

나는 침묵을 깨고 말했다. 아마도 흑천마검의 행방을 좇고 있었던 정마교주의 시선이나 기감이 내 쪽으로 돌아섰다.

"무엇을 듣고 싶은 것이냐. 그 몸으로는……."

정마교주는 무표정한 얼굴로 대답했지만, 불현듯 그의 두 눈을 스치고 지나간 광채에는 짙은 패색이 깃들어져 있었다.

정마교주는 나를 이곳으로 안내하는 동안 생각을 정리한 것 같았다.

일례로 암습을 도모하고 있는 게 조금도 느껴지지 않는 것만 봐도 그렇다. 정마교 전체의 안위를 걱정하기 때문일 수도 있고, 나를 조금도 대적할 수 없음을 깨달았기 때문일 수도 있다.

다만 나를 둘러싼 움직임은 이 안이 아니라 바깥에서 일어나고 있는 중이었다. 정마교주의 명령 한 번이면, 고원 전체의 생명들은 나를 죽이기 위해 제 목숨을 불사를 것이다.

한 치의 망설임도 없이. 무엇을 상대하지도 모른 채. 모두가 다.

하지만 그마저도 내게는 조금도 영향을 끼치지 못할 것이라는 것을, 어렴풋이 느끼고 있는 그였다.

만약 정마교주가 어떤 명령을 내린다면, 그것은 나를 공격하라는 명령이 아니라 후대를 기약하며 뿔뿔이 흩어지라는 명령일 것이라고 생각됐다.

"지금 드는 생각을 의심하지 마시오. 교주. 나는 혈마와 같은 경지에 이르렀소. 이 경지에 이르르면 사람을 살리고 죽이는 일 따위는, 이 마음이 가는 대로 행할 수 있음이라. 이는 바깥에 모여드는 이들 전부가 교주와 같은 수준이라 해도 달라지지 않는 법이오."

내가 기운을 은연히 흘리자, 정마교주의 동공이 예견되었던 반응을 보였다.

그 안으로 어쩔 수 없이 스며든 두려움이 고스란히 드러난다. 나는 정마교주의 그 눈빛이 어쩐지 낯설지가 않았다. 드래곤을 마주하였을 때 나도 저런 눈빛을 하고 말았을 테니까.

정마교주는 얼굴에 성난 빛을 띠웠다.

그러나 내게 향하는 것이 아닌, 본인 스스로에 대한 자책으로 생각됐다.

"사족은 되었고, 귀교를 찾은 목적부터 말하자면. 별것은 아니고 옛이야기나 하자고 들렀소. 전대교주와 교주가 겨뤘던 이야기부터 시작합시다. 하면 내 조용히 돌아가겠소."

"그 전에."

"말하시오."

"저 천변지이(天變地異)에 대해 할 말이 없느냐?"

그러면서 정마교주는 남쪽으로 뚫린 창을 향해 시선을 돌렸다. 오로지 그곳만이, 아름다운 광경을 한 폭의 그림처럼 담아내고 있는 다른 창들과는 달리 끔찍한 광경을 드러내고 있었다.

"그러니 옛이야기를 하자는 거요."

"……."

"당시에 저러한 참변을 만들어낼 수 있는 존재는 전 중원을 통틀어 단 둘뿐이었소."

지금은 말이 달라지지만.

"헌데 그것들 혼자서는 그럴 수는 없고, 그 주인과 합일을 이루어야 한단 말이요. 생각해 보시오. 그렇게 합일을 이룬 두 존재가 싸우기 시작하면 어떤 일이 일어날지 말이외다. 사십여 년 전, 교주도 겪었지 않았소이까? 그 공능이 얼마큼이나 경외로운 것인지."

정마교주의 얼굴이 싹 굳었다.

"경외라……."

그러나 두 번 숨을 내쉴 시간이 지날 때쯤, 그 얼굴에 미묘한 미소가 스치고 지나갔다.

"그만하시오. 더는 못 따라가 주겠소이다."

정마교주가 태도를 돌변해서 말했다.

"반백 년이 가깝게 지났을지라도, 내 어찌 그대를 잊을 수 있단 말이오. 대체 본교에는 무슨 볼일이 있어 또 왔소이까……. 마령(魔靈)이여."

아!

다시 보건대, 정마교주는 진심이었다.

정마교주는 지금의 경지에 이른 나를, 전대교주의 육신을 빼앗은 흑천마검으로 결론짓고 말았다. 몇 가지 가정을 해보자면 그런 오인을 하고 만 것이 꼭 이해 못 할 일은 아니었다. 일단 정마교주의 무리(武理) 속에서 대성은 인외의 경지라는 고정관념이 강하게 박혀 있는 것부터 시작된다 할 수 있겠다.

"내가 마령이라?"

"파달(巴達:바그다드)에서 백만의 피를 적시고, 동방에서 십만의 피를 마신 걸로 되지 않았소? 또한 본교에서도 삼만이 넘는 피를 가져갔소. 얼마큼의 피를 마셔야 충족이 되겠소?"

그때 나는 정마교주가 오해한 것을 바로 잡아 주고 싶은 마음이 들지 않았다.

차라리 지금은 이편이 낫겠다 싶었다. 이 내가 혈마교주라기보다는 인외(人外)의 존재인 흑천마검이라고 인식되는 편이 말이다.

그것이 정보를 이끌어내는데 더 손쉬운 길이라는 생각이 들었다. 마침 정마교주에게는 내가 흑천마검이라는, 그만의 강고한 확신이 있기도 했다.

"나는 네놈이 기억나지 않는데. 너는 나를 안다고 하는구나."

나는 지금까지의 어투를 달리해 말했다.

"당시에 전대교주의 혼백이 마령의 의지를 해쳐, 기억이 혼미할 수도 있지 않겠나 싶소."

내가 조용히 있자, 그가 남은 말을 마저 이었다.

"사십여 년 전에도 마령이 가져간 본 교도들의 목숨 또한 오천이 넘소. 내 그날을 어제같이 똑똑히 기억하오. 기실 오래전에 본교가 백운신검을 잃었을 때, 마령과 본교의 은원도 함께 끊어졌소. 그러니 본교는 이만 놓아주시길 청하는 바요."

"기억나지 않는 옛날의 일로, 이 애송이의 행색을 한 것이 무색해졌군. 꼴사나워졌어."

흑천마검이라면 이렇게 말했겠지.

"마령이여. 그대도 파달에서 보았다시피, 인간은 여기에만 있는 게 아니오. 서방(西方)에는 더더욱 많소. 또한 서방에는 신으로 추앙받는 영귀(靈鬼)들까지 있다 하오."

"틀렸다."

나는 짧게 뇌까렸다.

"무엇이 말이오."

"너희 미천한 것들의 피는 아무리 먹어도 좀처럼 배부르지 않지. 하물며 이 애송이의 행색을 하면서까지 온 이유가 무엇이겠느냐."

"예서…… 찾는 게 있으신 것이오?"

"있지."

정마교주의 안색이 급작스럽게 어두워졌다.

"그런데 기억이 가물가물해. 그래서 여기가 맞는지도 모르겠단 말이지. 크크크."

나는 흑천마검의 흉내를 내는 것이, 이상하리만큼 어색하지도 또 부끄럽지도 않았다.

"여기가 존마교냐? 이 몸을 속일 생각을 하지 않는 게 좋아."

내가 물었다.

"마령을 앞에 두고 그런 도박은 생각지도 않소. 맞소. 본교가 존마교의 정통을 이었소이다."

"너희들이 혈마라고 부르는 그 같잖은 놈이 안배랍시고 만들어 둔 게 있거든. 혈마교에는 그게 있었어. 이 애송이 놈이 그걸 다룰 줄 알았단 말이야. 꽤 귀찮았단 말이지. 네놈도 그게 뭔지 알지?"

"명왕단천공."

정마교주가 바로 대답했다.

"헌데 너희들은 왜 혈마교의 명왕단천공 같은 게 없는 거지? 그런 것 같은 게 내려져 와야만, 정통을 이었다고 할 수 있는 것이다."

직전과는 달리, 정마교주의 입이 굳게 닫혔다.

"여기가 존마교가 아니라면 더 볼 것 없지. 온 김에 배나 채울 수밖에. 크크크."

그제야 정마교주의 입에서 힘들게 나오는 한마디가 있었다.

"선대(先代)의 실수가 있었소."

"실수?"

"혈마교에 명왕단천공이 있듯, 본교에도 내려오는 절기

가 있었소. 허나 선대의 교주가 백운신검을 잃은 것으로
모자라 급살을 맞는 바람에, 끊긴 맥이 여럿 있소이다. 그
렇다 하여도 본교가 정통임을 부정할 수 없소."

"자신만만하구나. 애송이. 그렇게 생각하는 이유가 있
을 텐데? 잘 생각하고 말해야 할 거야. 이 위대하신 몸의
인내심을 길지 않거든."

정말이지 흑천마검 행세를 할수록, 녀석이 점점 더 생
각났다.

"지금 이렇듯 마령의 눈앞에 펼쳐져 있지 않소. 여기가
선대로부터 내려온 근간이자 총체였소. 마령과 함께 떨어
져 나간 어느 반교도가 세운 것이 혈마교고."

"네놈의 건방짐을 참아내는 데 점점 한계가 오고 있구
나. 크크. 이 몸이 이깟 돌로 쌓은 잡것을 보지 못해서 계
속 참고 있는 것 같으냐?"

스윽.

나는 극한의 시간대에 돌입해 정마교주의 등 뒤로 돌아
갔다.

그리고는 그의 귓가에 대고 속삭였다.

"네놈은 어떤 맛이 날까."

옛날에 나를 농락하였던 흑천마검이 바로 이런 기분이
었을 것이다. 정마교주가 반사적으로 몸을 날린 곳에는

또 내가 어김없이 기다리고 있는 식이었다.

"헌데 네놈만으로는 성이 안찰 것 같단 말이지."

나는 정마교주의 목을 검지 가락으로 쿡쿡 찌르며 말했다.

비로소 정마교주의 입술 사이로 이를 가는 목소리가 흘러나왔다.

"보여드리리다."

*   *   *

비밀 통로를 돌고 돌아 조금 더 안쪽, 대청(臺廳)의 용도로 쓰기에도 적합한 넓은 공간까지 들어갔다. 오래된 벽화들이 그 방 전체 사면을 두르고 있었고, 벽화는 하나의 이야기를 총 열네 개의 장면으로 나누고 있다.

1장: 열리는 천문
2장: 제사장을 찾아온 대지모신
3장: 신정일치(神政一致)를 이뤄낸 제사장
4장: 제사장에게 귀신에 대해 이야기하는 대지모신
5장: 대지모신과 제사장이 함께 귀신과 싸우는 광경
6장: 싸움에서 이긴 대지모신이 귀신을 죽이려하던

순간.

　7장: 갑자기 대지모신에게 병기를 겨누며 화를 내는
제사장.

　8장: 제사장을 설득하는 귀신

　9장: 제사장과 한편을 이룬 귀신이 대지모신과 싸우
는 광경

　10장: 천문 너머의 것을 보고, 눈물을 흘리는 제사
장.

　11장: 서로 제사장과 합일을 이루려는 귀신과 대지
모신

　12장: 검으로 변한 귀신 그리고 검집으로 변한 대지
모신

　13장: 검집 속에 검을 넣는 제사장

　14장: 평화로운 고원

　여기서 제사장은 초대 교주며 대지모신은 백운신검 그
리고 귀신은 흑천마검이다.

　벽화를 보자마자, 과거에 삼황 중 일인이 들려주었던
본교의 설화를 다룬 것임을 단번에 알아차렸다. 그것이
여기에도 남아 있었던 것이다.

　그런데 내 관심을 잡아끄는 것은 이미 들은 바가 있었

던 이야기를 다룬 벽화가 아니라, 다음으로 이어지는 석
실에 있었다.

정마교의 천서고라 부를 수 있는 보고(寶庫) 안.

실로 놀랍게도.

본교의 천서고에서 자리하고 있는 발자국과 똑같은 것
들이, 그곳 바닥에도 또렷이 박혀 있었다.

제4장

발자국

천서고에 남아있는 족적(足跡)들만 하여도 스무 명의 전대교수들에 의해 거침없이 남겨진 것들이었는데, 이쪽의 사정은 더욱 복잡했다.

수만 개의 발자국들이 난잡하게 펼쳐져 있다.

그 광경은 눈이 내린 시가지의 한 중심보다도 더해서, 보고의 넓은 바닥 그 어디에도 발자국이 아니 찍힌 곳이 없을 정도였다.

겹치고 또 겹치고 또 겹쳐 있는 부분들이야 구태야 언급할 필요조차 없다.

사실 천서고에서 전대교주들의 발자국들을 분류할 때만

하여도 굉장히 아슬아슬하였다. 한 명의 발자국이 추가될 때마다 분류 작업의 어려움이 배가 되는 법이기 때문에, 지금 당장은 이 족적들의 주인이 몇 명인지 가늠하기가 어려웠다.

지금 말할 수 있는 바는 딱 하나였다. 스무 명을 넘는 전대의 사람들이 여기를 개인 연무장으로 사용했었다는 것.

다만 내가 놀라움을 금치 못했던 이유는, 그 많은 발자국들 중에 '또 다른 나'로 여겨지는 것들 또한 상당하였기 때문이었다.

여기는 정마교다. 그런데 어째서?

"마령이라면 알아보실 것이라 생각하오."

정마교주의 목소리가 앞에서 났다. 그 또한 나처럼 발자국이 사정없이 찍혀 있는 보고의 바닥을 넓은 시선으로 담고 있었다.

그러던 와중에 다음 석실에서 고기 냄새를 비롯한 음식물 냄새가 맡아졌다. 추정컨대, 내가 고원에 당도하기 전까지 정마교주는 여기에서 폐관하고 있었던 게 분명했다.

"애송아. 네놈은 여기서 무얼 하고 있었느냐?"

나는 정마교주가 폐관하고 있던 이유를 속으로 추정하며 물었다.

"연무장에서 할 게 무엇이겠소. 무공을 닦았소이다."

거짓말.

석실 바닥은 티끌만 한 먼지 하나 없이 치워져 있었다.

나는 흑천마검의 미소를 떠올리며 입꼬리를 씨익 올려보였다.

그러자 정마교주의 미간에 접힌 주름이 더 깊어졌다.

"존마교가 둘로 나뉘기 전부터 사용되어 온 연무장이오. 바닥의 족적들이야말로, 본교가 존마교의 정통을 이었다는 증거가 아니겠소? 마령이라면 혈마의 족적을 가려낼 수 있을 거라 생각했소만."

정마교주는 나를 유도하고 있었다.

그가 여기에서 폐관하면서 해왔던 작업은 지금 내가 하려는 일과 동일하다. 족적들을 분류, 연구하는 작업 말이다.

"너는 이것들이 그 같잖은 놈의 흔적이라 생각하는구나?"

나는 내 것과 동일한 족적 하나를 특정해 가리켰다.

"하면 아니란 말이오?"

"다시 묻지. 너는 여기서 무얼 하고 있었느냐?"

정마교주가 흐흐 짧게 웃으면서 깊은 생각에 들어갔다.

"마령은 기억이 잘 나지 않는다 하지만, 나는 그날을

잊지 못하오. 그게 어디 나뿐만이겠소. 본교의 전대교주들 전부가 그래 왔을 것이오."

정마교주의 말이 계속 이어졌다.

"사십여 년 전, 나는 마령이 삼켜버린 그 몸의 주인과 겨루었소."

"안다."

"하면 결과도 아실 것이오. 내가 패배한 까닭은 무재(武才)와 노력이 부족해서가 아니오. 내가 전부 압도하였소. 공력이면 공력, 무리의 성취면 성취. 그 전부를 말이외다."

당시를 떠올리고 있는 정마교주의 얼굴이 점점 노색(怒色)을 띠기 시작했다.

"헌데 승패가 결정될 무렵에 반교주가 바뀌더이다. 본교의 무공을 섭렵한 듯이 말이오. 보는 것만으로도 무리를 깨닫는 천재가 없다는 것이 아니오. 하지만 무리를 깨닫는 것에서 그치는 게 아니라 파훼(破毁)의 수까지 꿰뚫어 보고 있었소."

그가 계속 말했다.

"반교주가 갑자기 바뀌었을 때 나는 올 것이 왔구나 싶었소. 그래서 돌아가신 전대교주께서는 내게 몇 번이나 당부하셨던 것이오. 반교주와 대적하게 되거든 이기든 지든 속결(速決)해야 한다고 말이외다."

나는 대꾸하지 않았다.

"선대로부터 내려져 온 큰 맥을 폄하할 마음은 없소만, 나는 지금도 명왕단천공을 무공이라 인정할 수 없소. 배교(背敎)에 가까운 비겁한 수요. 이단(異端)이란 말이외다."

"명왕단천공이 이단이라. 재미있는 말을 하는구나."

"마령은 인세의 일에 관심이 없을지 모르겠지만, 본교와 반교는 동일한 가르침을 받들어 왔소. 혈마께서 그 많은 무공을 남기시며 이르시길, 이로써 만인이 평등할 수 있다 하셨소."

맞다.

혈마는 개개인의 타고난 재능에 따른 무공을 남겼고, 그 성취는 노력을 얼마나 하느냐에 두었다.

그러한 안배로 말미암아 적어도 본교와 정마교에서 만큼은, '평등한 기회'가 이상에 그친 것이 아니라 구체적인 실현 방법이 제시되었다.

정마교주는 그걸 말하고 있었다.

"명왕단천공의 성취에는 본인의 노력이 깃들지 않소."

"오호."

"본교에서는 오래전에 소실된 것이라, 명왕단천공의 정

확한 이치를 알 수는 없어도 말이오. 그것이 가지는 공능이 무엇인지는 알고 있는 바요."

"네놈은 하나만 생각하는구나. 그걸 남긴 게 혈마다."

"마령 때문에 어쩔 수 없이 남긴 것이 아니오리까? 한데 이제 보니 그것도 아닌 것 같구려. 그렇듯 결국 삼켜지고 말았으니."

"이 몸이 듣기론, 명왕단천공을 소실한 선대의 실수를 그렇게 변명하는 것 같군."

"선대의 교주께서 실수하신 바는 명왕단천공을 전수하지 않은 것도, 백운신검을 잃어버리신 것도 아니오. 그것이야말로 그분의 위업이었소."

그때 정마교주의 싸늘한 눈빛이 내 몸에 꽂혔다.

"마령이여. 당신들을 곁에 두고 있다간 언젠가는 그리 될 운명인 것이 아니겠소? 안타까운 일이 아닐 수 없소. 내 다시 겨루면, 반교주에게 큰 가르침을 줄 수 있었을 텐데 말이외다."

정마교주는 오해하고 있는 대로, '흑천마검에 삼켜져버린 전대교주'를 비웃듯이 말했다.

하지만 다시 겨루면 전대교주를 이길 수 있다고 한 말만큼은 진짜 그렇게 믿고 있는 게 다 느껴질 만큼 진지했다.

"그래서 선대에서는 마령을 경계해왔소. 명왕단천공을 전수하지 않으시고 백운신검을 보내버린 것이야말로, 선대의 위업이자 후대들을 위한 안배였던 것이오. 아니 그렇겠소이까?"

나는 곰곰이 생각하다가 고개를 끄덕였다.

"너희 미물 따위가 이 몸 같은 위대한 존재들을 다룰 수는 없는 법이지. 한데 말이다. 애송아. 변명이야. 변명. 크크크. 사십 년 전의 대결에서 진 것이 그리도 원통하느냐?"

"반교주는 써서는 아니 될 수를 쓴 것이오."

"이 애송이 놈의 입장은 다를 것인데? 이 이 애송이 놈이나 네놈이나 교주된 자 아니더냐. 혈마의 화신이라 여기는 너희 둘은……."

그때 정마교주가 내 말을 끊었다.

"그건. 떨어져 나간 것들이 아무것도 모르고 하는 소리요. 감히 스스로를 혈마의 화신이라 여기다니. 그러니 본교와 반교가 양립할 수 없는 것이외다."

"너희들은 아니구나?"

"어찌 혈마의 화신이 있을 수 있단 말이오. 혈마께선 영생(永生)하시거늘. 쯧."

바로 여기에서 정마교와 본교 간의 교리가 갈라지는 모

양이었다. 본교에서는 교주가 혈마의 화신이고, 정마교에서는 혈마가 영원히 살아 있다고 믿는다.

그런데 본교의 교도들이 내게 향하는 믿음과 같은 것이, 정마교주에게도 그런 게 보였다.

정마교주는 혈마의 영생을 진심을 다해 확신하고 있다.

"혈마가 말이냐?"

나는 일부러 크크크 하고 소리 내서 웃었다.

"마령이 무엇을 찾고 있는지 내 알 것 같소이다."

"그래?"

"한데 나는 대답해 줄 수 없소."

"이 몸이 무엇을 찾고 있는 것 같은데?"

"혈마의 능(血魔陵)."

"그래? 이 몸이 그걸 찾는다?"

자신이 없기 때문일까. 정마교주는 어쩐지 흔들리는 눈빛을 보였다.

"혈마의 능이 아니면 무엇이겠소."

"한데 왜 대답해 줄 수 없다는 것이냐."

"내 말한 선대의 실수이자 끊긴 맥이 바로 그것이외다. 선대께서 절명하시는 바람에, 혈마능의 위치는 아무도 모르게 되었소."

"이 애송이 놈이 재미있는 걸 알고 있더군. 분근착골이라고."

"나를 고문하여도 모르는 것을 안다고 할 수 없소. 설사 뭔가를 말하여도, 그것은 꾸며낸 말일 거요."

웬일인지, 정마교주는 더욱 안정을 되찾았다.

"하지만 한 가지 방법이 있소이다."

정마교주의 시선이 다시 바닥에 남겨진 족적들로 향했다가, 내 얼굴로 옮겨졌다.

"내게 명왕단천공을 전수해 주시오."

그 말에 웃고 말았다.

"이단이자 비겁한 수라 하지 않았느냐?"

사실 계속 웃음을 참고 있었다. 명왕단천공을 이단이라 말하는 그가, 직전까지 여기서 무엇을 하고 있었는지 추정 가능했기 때문이었다.

추정했던 바가 확신으로 바뀌는 순간이다.

그는 여기서 정마교의 명왕단천공을 찾아 헤매고 있었다.

"하물며 이 몸을 대적하기 위해 만들어진 그것을 네놈에게 왜 전수해야 할까. 그런데 네놈은 그것이 만들어진 이유를 어찌 알았을까?"

"전대교주께 들었소. 전대교주 역시 전전대교주께 들었을 것인데, 그렇게 올라가다보면 혈마능에 그 비밀이 담겨져 있을 것 같소."

"절명하였다던 선대 교주라는 놈이 몇 대째냐?"

"본교의 오대 교주요."

"존마교가 둘로 나눈 이후를 말한 것일 테고?"

"그렇소이다."

흠…….

극한의 시간대에 돌입하기 전에, 나는 몇 가질 더 확인하고 싶어졌다.

마침 정마교주가 재차 물어왔다.

"마령이여. 명왕단천공을 아시오? 반교주들과 함께해온 세월이 있지 않소이까."

"크크크……. 네놈은 참 웃긴 놈이다. 하긴 너희 인간들은 다 욕심이 많지. 말도 상황마다 바뀌고."

"마령은 그렇게 듣고도, 내가 명왕단천공을 탐낸다고 생각하는 거요?"

"아니란 말이냐."

"극의를 이룰 방법은 분명하거니와, 나는 진작에 그걸 깨달아 그 목전에 다다랐소. 지금 내 경지가 마령에게는 한없이 보잘것없을지라도 말이외다. 명왕단천공은 내게 독이 되었으면 되었지, 극의를 이루는 데에는 조금도 보탬이 되지 않을 것이오."

"한데?"

"연(緣)이란 게 이런 게 아닌가 하오. 마령이 혈마능을 찾기 위해 본교에 오기 전부터, 나 또한 혈마능을 찾고 있었소."

나는 고개를 끄덕였다.

"본교가 위기에 처했소이다. 마령과 다른 마령이 남긴 천변 때문이오. 본교의 많은 적들에게는 지금이 아주 좋은 기회일거요. 하니 혈마능에 남겨져 있을지도 모르는 안배에 기댈 수밖에 없지 않겠소이까."

정마교주는 혈마능을 찾는 방법으로 명왕단천공을 택했다. 실로 불쾌한 일이다. 그는 그가 말했던 바와 같이 명왕단천공의 공능을 제대로 알고 있었다.

정확히는 명왕단천공의 끄집어내는 무의식과 계산 능력.

그가 바라는 바가 명확해졌다.

지금껏 고원에 살아온 삶 속에서 보고 들었던 모든 것, 그것들 전부가 담겨져 있는 무의식 속에서 혈마능에 대한 단초가 있기를 바라는 것이다.

어쩐지 고분고분하였지. 그 속에는 음흉한 생각으로 가득 차 있었다.

"명왕단천공을 전수해 줄 수 있으시오, 없으시오? 명왕단천공을 모른다면 저기서 찾아야 할 거요."

정마교주의 두 눈 위로 수만 개의 족적이 담겼다.

*　　*　　*

각기 다른 족적들을 11명의 것이라고 결론을 내릴 수 있었다.

그러한 결론까지 도달하는 데에는 그리 오래 걸리지 않았는데, 문제는 그 많은 족적에서 큰 비중을 차지하고 있는, 동일 크기의 족적들에 있었다.

정마교주에게 직접, 그가 16대 교주인 것까지 확인한 다음 본격적인 작업에 착수했다. 시작은 각기 다른 족적 11명의 것부터였는데, 그것들부터 시작한 데에는 그만한 이유가 있었다.

그것들에도 명왕단천공의 흔적이 남아 있다.

！역대 정마교주는 당금의 교주까지 포함하여 총 16명이다.

！그중 6명에게 명왕단천공이 이어졌으며, 정마교의 명왕단천공은 본교와 완전히 동일하다.

정마교주는 5대째에서 명왕단천공의 맥이 끊겼다고 알고 있으나, 앞에 남겨진 족적들이 들려주는 이야기는 달랐다.

정마교에서 명왕단천공은 6대째까지 내려왔다.

그리고 정마교의 6대 교주는, 역대 어떤 교주들보다도 명왕단천공을 익히기 위해 많은 노력을 쏟아 부었다. 그 증거로 명왕단천공의 자세를 품은 6대 교주의 발자국들이 다른 교주들의 것에 비해 몇 배 이상 많았다.

나는 여기에 한 가지 의문이 들었다.

6대 교주는 왜 그렇게 명왕단천공의 자세를 수련했던 것일까?

명왕단천공의 십이식은 명왕단천공의 진짜 본류로 들어가는 문을 잠가 놓은 잠금장치에 불과하다. 열쇠는 십이양공이고.

자세를 수련한다고 해서 ·명왕단천공의 숙련도가 올라가는 것이 아니다.

진정 명왕단천공을 수련코자 했다면, 자세를 수련해야 하는 것이 아니라 많은 경험을 쌓아야 한다. 설사 나와 같이 전이 대법에 의하여 기본을 다질 시간을 가지지 못했다면, 당연 동화(同化)와 같은 방법을 통하여 그 시간들을 충족시켜 줘야 했을 것이다.

그러나 6대 교주는 그저 잠금장치에 불과한 열두 가지 자세에 집착했다.

이는 명왕단천공의 본류로 들어가지 못했기 때문일 것이라.

분명한 것은 명왕단천공이 본교뿐만 아니라 정마교에도 똑같이 전해져 내려왔다는 사실이고, 그 맥이 6대째에서 끊겼다는 것이다.

깊게 따지고 보면 명왕단천공의 맥이 5대째에서 끊겼다는 현 정마교주의 말이 완전히 틀렸다고 볼 수는 없다. 왜냐하면 6대 교주의 명왕단천공은 속이 빈 강정에 불과하니까.

명왕단천공의 본류로 들어갈 수 있는 선행 조건이 십이식 외에 또 하나 있는데, 바로 십이양공이다.

정마교에 본교와 똑같은 명왕단천공이 내려온 것을 보면, 현 정마교주에게 느껴지는 동류의 열기(熱氣)가 십이양공임을 의심하지 않는다.

하면 6대 교주는 어째서 명왕단천공의 본류로 들어가지 못한 것이란 말인가?

6대 교주는 잠금장치인 십이식과 열쇠인 십이양공의 열기, 그 두 가지 조건을 충족하고 있었다.

명왕단천공이 열렸어야만 했다.

이유를 알 수 없다.

명왕단천공의 본류는 그 두 가지 조건이 서로 만나, 가슴에 문신이 새겨지면서부터 시작된다. 그다음부터 원리 모를, 기이한 공능이 깃든다.

오래전에 보고 잊어버린 비급들을 완숙하게 몸 밖으로 이끌어내는 등 무의식의 영역을 다루고, 그때그때 상황에 맞는 최적의 수를 이미지로 보여주는 등 사고(思考)의 능력을 극한으로 끌어올린다.

아무리 궁리하여도 6대 교주가 왜 명왕단천공의 본류로 들어가지 못했는지는 정말이지, 모를 일이었다.

그런데 6대 교주는 어떤 확신에 찬 결론에 이른 것이 분명하게도, 7대로 명왕단천공의 십이식을 전수하지 않기도 했다.

그렇게 정마교에서 명왕단천공이 사라졌다.

"6대 교주는 어떤 놈이었느냐?"

시간대에서 빠져나와 다시 물었다. 성마교주의 대답은 한 단어로 축약할 수 있었다.

제일(第一).

전해지기로는 모든 면에서 뛰어났으며, 5대 교주가 절명하여 맞이하였던 정마교의 여럿 위기들을 전화위복(轉禍爲福)의 계기로 삼았다 한다.

흠.

여기서 한 가지 가정을 해 볼 수 있다.

5대 교주가 후대로 명왕단천공을 전수하지 못하고 절명한 것이 진정 사실이라면, 6대 교주는 바로 여기에서 명왕단천공의 십이식을 복원해내는 것에 성공했을 수도 있다.

나는 그 생각에 주력해서, 6대 교주의 족적들 다시 살펴보았다.

그리고 과연 그랬다.

명왕단천공이 담긴 다른 족적들은 소년 시절의 것이 있었던 반면.

6대 교주가 명왕단천공 십이식을 수련한 발자국은 전부노년의 것으로, 그는 노년에 이르러서야 십이식을 완전히복원하는 데 성공했던 것이었다.

의문이 다시 원점으로 돌아간다.

어째서 명왕단천공의 본류로는 진입할 수 없었던 것일까?

……시험해 볼 수밖에.

"전수해 주마. 네놈이 바랐던 대로."

내가 말했다.

그러는 동시에 피에 찌든 동아줄 같은 기운들이 내 두 손끝에서 뻗쳐 나갔다. 정마교주가 보이는 반사적인 움직임보다, 그의 사지에 날아가 감기는 기운의 속도가 훨씬 빨랐다.

칭칭 감긴다. 그리고 팽팽하게 당겨진다.

정마교주는 이번에도 내 힘을 시험해 보았다. 그러나 내가 인형술사고, 그는 꼭두각시라는 사실에는 조금도 변함이 없다.

정마교주가 뻗어냈던 열기들이 맥을 못 추리고 사그라들던 그때, 나는 선 몇 개를 움직였다.

지왕세, 수왕세, 천왕세 그리고 총결식.

혈강세, 수라세 그리고 총결식

파면세, 참두세, 자심세, 귀행세 그리고 총결식.

총 열두 개의 자세에 따라, 정마교주의 사지가 그의 의지와는 상관없이 제멋대로 움직이기 시작했다.

정마교주의 표정에 담긴 감정은 꽤나 복잡했다. 치욕을 감내해야 하고, 그러는 와중에도 어쩐지 드는 기대감도 있을 것이다.

나는 명왕단천공 십이식을 정마교주에게 모두 전수했

다.

끈이 풀린 정마교주가 깃털같이 가벼운 자세로 바닥에 착지했다. 그가 나를 쳐다봤고, 나는 고개를 끄덕여 주었다.

그러자 정마교주는 명왕단천공 십이식을 처음부터 하나하나 시전하기 시작했다. 그런데 정마교주의 눈썹이 점점 무겁게 내려앉고, 미간에 접힌 주름 또한 골이 깊어지고 있었다.

정마교주가 세 차례를 넘게 반복한 끝에 동작을 멈췄다.

그리고는 두 눈을 감고 생각에 잠기는 것 같더니, 번쩍 뜬 눈으로 나를 쳐다보았다.

"장난이 심하시외다. 마령이여."

"열기를 일으켜 보거라."

정마교주는 불만스런 눈으로 나를 노려보면서도 고분고분하게 따랐다.

그의 어깨선에 피어오른 붉은 아지랑이가 사방으로 꿈틀대기 시작하였다.

나는 그의 가슴에서 곧 일어나야 하는 반응을 기다렸다. 하지만 아무런 반응도 없었고, 그럴 낌새조차 조금도 느껴지지 않았다.

쉐엑.

정마교주의 흉부를 향해 팔을 뻗었다. 그의 의복에서
가슴 쪽 전부를 뜯어낸 후에야, 정마교주는 무슨 일이 일
어났는지 알아차리고서 얼굴을 찌푸렸다.

역시, 그의 가슴에 새로 새겨진 문신 따위는 보이지 않
았다.

충격은 정마교주가 아니라 내가 받았다. 이래서야 내
뒤로 교주가 될 후계에게는 명왕단천공을 어떻게 전수한
단 말인가.

나는 마음을 가라앉히며 말했다.

"세 개의 식이 어우러져 하나의 무공을 만들어 낼 것이
다. 변화가 무쌍하니, 어떤 적이든 상대할 수 있지 않겠느
냐."

"무공이라 치자면, 이보다 고등(高等)한 무공이 본교에
도 넘쳐나오. 이건 명왕단천공이 아니외다."

정마교주는 내가 그를 속이고 있다고 생각하고 있었다.

"양공의 열기를 품어 자세를 계속 이어나가 보거라. 네
놈 멋대로 멈추지 말고. 저쪽으로. 바닥 더럽히지 말고!"

"그리하리다."

정마교주의 왼쪽 입술 끝이 신경질적으로 실룩였다.

나는 한쪽으로 비켜선 다음, 그에게서 눈을 떼지 않았

다.

정마교주가 명왕단천공의 본류로 들어간다 하더라도 나를 대적할 수 있는 가능성은 결코 없다. 만에 하나 어떤 깨달음으로 탈인지경에 이르게 된다면 모를까. 내가 경계하는 건 바로 그 순간이었다. 그때가 되면 정마교주의 목숨을 당장 거둘 수밖에 없다.

하지만 그건 일어날 가능성이 거의 없는 일이었기 때문에, 시간이 지나면 지날수록 정마교주는 실망한 기색을 도무지 감추지 못했다.

나 또한 후계에 대한 생각으로 골치가 아팠다.

도대체 무엇이 잘못된 것일까.

후계에게 명왕단천공을 전수하기 위해서는 어떻게 해야 한단 말인가.

나는 6대 정마교주가 했을 똑같은 고민에 빠져들었다.

다시 족적으로 눈을 돌릴 수밖에 없었다.

수많은 또 다른 내가 거기에 있다. 거슬러 올라가다 보면 존마교의 역대 교주들까지 이어진다. 과연 존마교의 초대교주, 혈마의 족적까지 있는지는 확실치 않지만 아마도 그럴 확률이 높다.

！ 정마교의 1대 교주부터 5대 교주까지는 '또 다른 나'다.

！ 존마교의 역대 교주들 또한 '또 다른 나'다.

무한히 많은 세상에 나와 동일한 사람이 각각 존재하고 있다는 것쯤이야, 흑천마검과 합일을 할 때마다 보아왔던 바였다.

주목할 점은 역대 혈마교주들 모두 나고, 심지어 5대까지의 정마교주들은 물론이고 여러 존마교주들까지도 모두 나라는 사실이다.

더불어 정마교의 6대 교주가 명왕단천공 십이식을 복원해 놓고도 본류에 들어가지 못한 것이나, 고강한 무공을 이룬 현 정마교주 또한 본류로 들어갈 수 있는 두 조건을 충족하고도 들어가지 못하고 있는 바를 생각해 보자면……

구체적으로 어떻게 정의해야 할지 모르겠지만, 비슷한 정의를 품고 있는 단어가 있다.

순도(純度).

혹은 순수성.

지금으로서는 그것으로밖에 설명되지 않는다.

명왕단천공의 본류로 들어가는 조건이, 사실 하나가 더

있는 것이었다면 전부 말이 된다.

　바로 나.

　처음에서부터 줄곧 하나와 같았던, '나' 라는 존재 말이다.

＊　　　＊　　　＊

　제멋대로 자세 수련을 다시 멈춘 정마교주는 족적들로 관심을 돌렸다. 명왕단천공의 십이식을 모두 알고 나자, 발자국들이 새롭게 보이기 때문이다.

　상형문자나 암호를 풀이할 때와 동일한 이치다. 대입해야 할 단초를 얻은 것이다.

　그의 동공 움직임으로 봤을 때, 그도 처음의 나처럼 6대 교주의 발자국에 일단 집중하고 있었다.

　가만히 내버려두면 6대 교주 또한 언젠가는 명왕단천공의 본류에 들어가지 못했음을 깨달을 테지만, 적지 않은 시간이 걸릴 것이다.

　또한 거기에서 그치지 않고 역대 존마교주의 것들까지 연구하려면, 지금 그의 경지에서는 남은 수명을 다 바쳐도 이루지 못하리라.

　나는 속으로 혀를 차면서 극한의 시간대로 돌입했다.

발자국에 담긴 비밀들을 밝혀내는 건, 바로 내가 할 일이
자 나만이 할 수 있는 일이니까.

*　　　*　　　*

이 시간대에서 느끼는 고독 담긴 시간을 어찌 수치상으
로 환산할 수 있겠냐만은, 정마교주가 보냈던 한 시간이
내가 체감하기로는 2년의 세월이 흐른 것처럼 느껴진다.

그렇듯 정마교주가 6대 교주의 발자국에서 벗어나지 못
하는 동안, 나는 '또 다른 나'들의 족적들을 모조리 분류
하는 데 성공했다.

! 여기에 남겨진 '또 다른 나'는 총 7명

— 그중 가장 오래된 상위의 셋을 (가), (나), (다)로 지칭
하기로 한다.

! (가)가 혈마라는 확신은 없다.

— 보이는 사실만 말하자면, 그의 발자국이 가장 많이
남아있다. 심지어 오랫동안 명왕단천공 십이식을 수련하
였던 6대 정마교주의 것보다 월등히 많다.

！(나)와 (다)는 동시간대에 만들어진 발자국이다.

— 두 명의 내가 공존하게 된 시작으로 여겨진다. (나)와 (다) 사이에 시간차는 거의 없다. 둘은 보고 안의 연무장을 번갈아 가면 쓴 것으로 보인다.

！정마교주 5대까지가 또 다른 나라고 할 때, (나)는 1대 정마교주, (다)는 1대 혈마교주가 된다.

— 이를 증명하는 바는 (다)의 족적이 어느 순간에 사라진 반면, (나)의 족적은 오랫동안 이어진다. 즉, (나)는 존마교의 마지막이자, 정마교의 시작이다.

！(가)가 혈마일 경우, 존마교 500년 통치사 전부가 그의 역사다.

— (가)가 혈마가 아닐 경우, (가)는 혈마의 직속 후계일 확률이 높다.

대두되는 큰 문제는 이것이다.

(가)는 왜 구태여 다른 두 세상에서 똑같은 나를 데려왔던 것인가?

나와 똑같은 존재를 마주하는 것은 심히 불쾌한 일이 아닐 수 없다. 존마교가 그때 둘로 쪼개져 버린 것은, 똑같은 존재 둘을 대면시켜 놓았던 당시에 예견되었던 일이었다.

예컨대 이는 전대교주 검마가 나만 불러들인 게 아니라 또 어떤 나를 한 공간에 같이 놓고서, 동시에 명왕단천공을 전승한 경우를 생각해 볼 수 있다.

설마 그 둘이 반목할 것이라고 생각지 못했던 것은 아니었을까?

동화처럼 '우리 둘은 서로 도와 본교를 훌륭하게 성장시켰답니다.', 라고 될 줄 알았단 말인가? 아니다. 그럴 리는 없다.

둘을 데려올 수밖에 없었던 이유가 있을 것이다.

생각할수록 엽기적이고 잔인한 일이다.

또 다른 나를 상대로 경쟁할 수밖에 없었을 테니…….

*　　　*　　　*

존마교가 둘로 나뉘어 버린, 본교와 정마교의 탄생비화를 알게 되었으나 도리어 더 큰 수수께끼가 남는 식이 되었다.

나는 가장 오래된 족적이 과연 혈마의 것인지보다는, 또 다른 나를 둘이나 데려와야만 했던 이유가 정말 궁금했다.

긴 시간을 뚫고 나왔다.

그때도 정마교주는 6대 교주의 발자국에 완전히 몰입해 있었다.

"애송아."

정마교주는 듣고도 못 들은 체했다. 마치 가만히 내버려두라는 듯한 그의 반응을 무시하고 물었다.

"역대 존마교주가 몇 명이었느냐?"

기운까지 일으키고 나서야, 비로소 정마교주의 고개가 내 쪽으로 돌려졌다. 그는 신경질이 가득한 안광을 번뜩이더니 퉁명스럽게 내뱉었다.

"혈마는 영생하시어 유일(唯一)한 분이시오. 허나 윤회를 벗어나지 못한 그분의 육신을 묻는 것이라면, 둘이외다."

정마교주는 나처럼 갑자기 중원에 떨어진 것이 아니라, 줄곧 교주로 있어 왔다. 또 그에게는 처음부터 끝까지 모든 걸 들려주고 떠났을 전대교주도 있었다.

아는 바가 확실히 많고, 또 어떤 것은 내가 알던 사실과 다를 거라고 생각했다.

나는 윤회를 벗어나지 못한 육신이라는 개념을 지금 처음 들었다. 일단, (가)는 혈마이기보다는 2대째 존마교주로 여겨진다.

"네놈은 이 애송이 놈이 모르는 바를 많이 알고 있는 모양이구나. 재미있어. 재미있어. 크크크."

이번만큼은 흑천마검을 흉내 내는 것이 아니라, 진짜로 웃었다.

"이제 아시겠소? 본교가 정통이외다."

"그건 되었고. 윤회를 벗어나지 못한 육신들은 바로 이것들을 말하는 것이겠지?"

나는 동일 족적들을 발끝으로 가리켜보였다. 정마교에서는 구전되어온 이야기들이나, 눈앞의 흔적들을 그런 식으로 이해해 온 모양이다.

아마도 6대 이후에 만들어진 설일 확률이 높지만.

"그뿐이겠소이까."

정마교주는 나를 바라보았다. 정확히는 내 몸 전체를 훑더니, 내 발 또한 가름하는 것이었다.

"본교에서 혈마는 영생하시나, 반교는 거죽 따위에 집착해 왔소. 그러니 결국 당대에 이르러, 마령이 이루려는 바를 이룰 수 있었던 게 아니었겠소?"

"이 애송이 놈이 윤회를 벗어나지 못한 혈마의 육신을 지녔다 치자. 그런데도 네놈은 분통해 하지 않는구나. 이 몸이 삼켜버렸는데? 같은 놈을 떠받들고 있는 입장이 아니냐."

"거죽 따위, 라 이미 분명히 하였소이다."

"하면 무엇이 중요한 것이냐? 잠깐. 맞춰보지. 음…….
네놈은 혼백(魂魄)을 생각하고 있구나? 그런 게 있을 것
같으냐?"

"하면 없소이까?"

"글쎄다."

찰나지만, 나를 살피는 정마교주의 눈빛이 송곳 같이
느껴졌다.

처음부터 느껴 왔던 바다. 정마교주는 줄곧 내게 확인
하고자 하는 뭔가가 있었다. 하지만 나는 그게 무엇인지
구체적으로 생각나지 않았다.

혈마능에 관련된 것일 같긴 한데 도통 모르겠단 말이
지.

하나씩 풀어나가기로 했다. 우선은 존마교의 2대 교주
가 왜 두 명의 나에게 명왕단천공을 전수했냐는 것부터
다.

사실은 진짜 명왕단천공이 따로 있고, 지금 내가 익힌
명왕단천공은 반쪽짜리가 아닐까? 그래서 정마교의 명왕
단천공과 본교의 명왕단천공이 하나로 합쳐져야 하는 것
은 아닐까? 물론 그런 생각을 해보지 않은 것은 아니었

다.

그러나 존마교의 2대 교주가 정마교의 초대(初代)와 본교의 초대에게 전수한 명왕단천공이 정말로 동일한 것임에는 의심할 여지를 남겨두지 않았다.

완벽히 똑같다.

무엇보다, 지금 이상의 어떤 명왕단천공을 상상할 수 없을 정도로 완벽하다. 여기서 어떻게 더 진보될 수 있을까.

"다른 것들의 무덤은 어디에 있느냐?"

"없소."

"그럼 이 몸이 직접 찾아보는 수밖에 없지."

그제야 얼굴을 굳히는 정마교주였다.

"앞장서라. 혈마능은 몰라도 2대 존마교주의 무덤은 어딘가에 있을 것이 아니냐? 네놈들이 정말로 정통이라면 이깟 발자국보다 더 확실한 증거가, 바로 그것이거늘."

정마교주가 말없이 몸을 돌려 나갔다.

성 바깥.

전쟁이 일어날 것 같은 형세로 험악한 광경이 펼쳐졌다. 정마교주와 내가 사이좋게 성으로 들어갔다고 하여도, 아랫것들은 만반의 준비를 아니 할 수 없었다.

그 짧은 시간에 포진된 정마군의 수가 이 만을 넘어갔으며 여러 봉우리 너머, 고원 전체의 다양한 기운들이 이쪽 중심을 향해 몰려들고 있는 중이기도 했다.

정마교의 장로들과 제자들이 몸을 날리다가, 정마교주의 고갯짓에 의해서 물러났다.

우리는 성과 성 사이에 자리한 초원 몇 개를 지나쳤다. 이윽고 목적지가 분명한 또 다른 돌 성에 이를 무렵, 등 뒤를 쭈뼛 서게 만드는 느낌을 받았다.

살의(殺意) 같은 게 아니다.

하지만 그것도 잠깐, 나조차도 처음 겪어보는 기묘한 느낌이라고 생각됐던 그것은 명왕단천공이 일으킨 자극이었다.

보내오는 어떤 이미지도 없고, 찰나에 사라졌다.

정마교주는 성으로 들어가는 입구에서 날 기다리고 있다가, 선 자리에서 움직이지 않는 내게로 걸어왔다. 그리고는 내가 둘러보는 사방의 시선을 따라, 그 또한 똑같이 시선을 옮겼다.

— 다시 말하지만, 서방 쪽에 사람이나 영령(英靈)한 것들이 더 많소이다. 순순히 협조하는 만큼 본교는 조용히 내버려두시오. 마령이여."

주변을 의식한 정마교주의 전음이 들렸다.

— 기다려라.

나도 똑같은 방법으로 말했다. 나를 철석같이 흑천마검으로 확신하고 있는 정마교주로서는, 불만이 있어도 삼킬 수밖에 없었다.

왜 지금 명왕단천공이 자극을 보내온 것이지? 나는 그 생각만 했다.

날 노리는 암습자는 어디에도 없다. 흑천마검을 대적한 방법을 궁리할 때와 같이, 뭔가를 깊이 궁리했던 것도 아니다.

그런데 왜?

줄곧 명왕단천공과 전대교주들 간에 얽힌 비밀을 파헤치고 있던 중인 걸 떠나, 일어날 수 없는 상황에 일어난 그 자극이 특별하게 느껴지는 것은 당연한 일이었다. 그리고 난생처음 받아보는 느낌이라고 오인했을 만큼, 새롭기까지 했다.

뭐였을까.

나는 주변의 광경, 그러니까 2대 존마교주의 무덤이 있을 바로 앞의 성과 먼발치에 솟아 있는 또 다른 성들 그리고 그 사이사이에 위치한 대형 연무장들과 제단을 살펴보다가 발걸음을 옮길 수밖에 없었다.

계속 기다려도 다시 일어나는 자극이 없었기 때문이었

다.

이번에 들어간 고성은 보고(寶庫)가 있었던 직전과는 다르게, 콜로세움과 비슷한 구조로 중앙 뜰에 전대교주들을 묻어둔 것 같았다. 그리고 과연 전대교주들의 위패가 안치되어 있는 방에 들어서자, 정면으로 통하는 문 너머로 무덤들이 모여 있는 광경이 보였다.

위패가 안치된 방이나 정면의 시선에 가득 들어온 무덤들.

장례가 확실하다. 그리고 그것은 마치 정마교주가 그토록 주장하였던 정통의 증거이기도 했다. 2대 존마교주의 위패까지 방 안에 있었다.

"혈마의 위패는 없군?"

정마교주가 잠깐 침묵하다가 말했다.

"영생하신 분을 여기에 왜 모시겠소."

그런 강고한 믿음이라면 그럴 만하지.

나는 그렇게 생각하며 극한의 시간대로 돌입했다. 그런 다음 중앙 뜰로 들어간 즉시, 2대 존마교주의 비석을 찾아 봉분을 뒤집어 깠다.

오래전 여기서 죽은 또 다른 내가 지금 어떻게 변해 있는지 보기 위해, 그의 영면을 방해한 것이 아니다.

기대하는 건 부장품(副葬品)이나, 이렇듯 의심을 품어

무덤을 파헤칠 나와 같은 이들을 위해 남겨둔 어떤 안배였다.

하지만 아무것도 없었다. 다 썩어 문드러진 형체 모를 뼛덩어리들뿐.

제5장

혼(魂)과 백(魄)

　극한의 시간대를 산술적으로 따져보면, 약 만오천 분의 1초쯤 되는 영역대일 것이다. 날아오는 총알을 보고 피할 수 있는 초인의 경지에 든 자도, 내가 체감시간 십오 분 가량을 머물고 있을 때 움직인 거리가 고작 십 미터를 넘지 못했다.

　허공으로 떠올렸던 흙더미들을 다시 봉분의 모습으로 돌린 다음에, 정마교주 곁으로 돌아왔다. 그때 정마교주는 위패방에서 중앙 뜰로 나오는 출구 쪽에 걸쳐져 있었다.

　내가 갑자기 사라진 걸 알아차리자마자 중앙 뜰 안으로

몸을 날린 것으로 보였다. 감각을 풀면 그대로 날아가 버릴 테지.

정마교주를 지나쳐서 성 바깥으로 나왔다.

명왕단천공이 자극을 보내왔던 바로 그 지점으로 이동했다.

하지만 지면을 깊게 파고 들어가 봐도, 기운을 일으켜 봐도, 역시 특이할 것은 아무것도 없었다. 그러나 명왕단천공의 자극이 일어난 데에는 필히 그럴만한 이유가 있을 것이다. 교전상태도 아닌데.

그러던 중 비탈 아래쪽의 제단이 신경 쓰이기 시작했다.

정마교주는 절대 기억할 수 없는, 그가 했었던 말이 생각났기 때문이었다.

"크흐흐흐흐. 본교의 제단이 혈마교주의 심장을 원하지만…… 교주의 말대로 아직은 때가 아닌 것 같소이다. 교지를 지나기시오. 교주!"

무(無)로 사라진 시간에서 정마교주는 나를 보내주면서 그렇게 말했었다. 제단을 인격화 화면서 말이다.

당시에는 신경 쓰지 않고 넘어갔던 그 말이나, 그때의

상황들을 돌이켜 생각해 보자니 납득되지 않는 점이 분명히 있었다.

왜 내 목숨을 도모하지 않은 것인가. 그때만큼 확실한 기회가 없었을 것인데. 비록 흑웅혈마를 욕보이고 본교의 재물들을 빼앗았다고 해도, 그건 정마교에 있어 부차적인 이득일 뿐이다.

그때 정마교는 오랜 숙원을 끝낼 수 있었다.

지금까지는 서로가 서역과 동방의 방패로서 공존할 이유가 있었지만, 당시에 본교는 완전히 패망한 상태였었다.

그렇게 방패로써 쓸모가 없어졌다면, 나를 죽여 후환을 만들지 말았어야지.

살짝 몸을 던졌다.

비탈길을 따라 비스듬히 허공을 갈라 제단에 착지한 바로 그때.

눈이 부릅떠지고 말았다.

마치 지금을 기다렸다는 듯이 일어난 자극이 뇌리를 번뜩였다.

직전의 자극처럼 찰나에 사라지지도 않는다. 그리고 마치 어딘가로 이끄는 알림과도 같이, 내 움직임에 따라 자극이 점점 더 선명해지는 것이었다.

제단 좌측에 위치한 석조 건물 쪽으로 고개가 돌아갔다. 건물 안의 정마교 고수들은 이 난리 통에도 그들이 지켜야 할 자리를 고수하고 있었다. 이 난리 통이 무엇이냐 하면, 당연히 혈마교주가 난데없이 나타난 상황을 일컫는다.

외부로 드러난 이들뿐만 아니라, 어둠 속에 녹아들어 있는 실력자들도 있었다. 단순히 제구(祭具)들을 지키고 있기로서는 인력 낭비라는 생각을 감출 수 없었다. 마침 자극이 시종일관 이쪽으로 유도하고 있던 차여서, 나는 오랫동안 감춰져 있던 비밀 하나에 밀접했음을 직감적으로 알아차렸다.

석조 건물은 총 여덟 개의 방으로 되어 있었으며, 방에서 방으로 이어지는 복도뿐만 아니라 천장과 양 벽에도 제대로 된 기관이 곳곳에 설치되어 있었다.

얼핏 보아하니 중원의 기관보다 더욱 발전한 보안 장치였다.

외부 침입자를 즉살하기 위해 이슬람의 기술까지 융합해 놓았지만, 내 움직임 하에서는 어떤 태엽도 움직일 리가 없다.

비로소 정마교주가 보였던 행동들이 새삼 떠올랐다. 계속 뭔가를 감추는 냄새가 짙었는데, 바로 이곳일 것이다.

더욱이 정마교주와 대면을 가졌던 성에서 무덤이 있는 성으로 가는 가장 빠른 길이 이쪽 지역을 통과해서 가는 길인 것 같은데, 정마교주는 구태여 다른 길을 택해 앞장서기도 했다.

혈마능으로 통하는 곳이다.

나는 그렇게밖에 생각이 들지 않았다. 하지만 온갖 기관들을 지나쳐온 막다른 방에는, 다른 곳으로 이어지는 비밀 통로가 없었다. 그저 횃불에서 나오는 빛이 제구대(祭具臺) 위를 환하게 비추고 있다.

그런데 신비스러운 분위기를 자아내고 있어서, 바깥의 거대한 제단보다도 이 밀실이야말로 진짜 의식이 거행되는 곳처럼 느껴졌다.

그리고 과연 이 밀실에 들어오는 순간, 뇌리의 자극이 갓 잡은 물고기처럼 날뛴다. 환통(幻痛)마저 느껴질 정도였다.

지나쳐 온 7개의 방과 온갖 기관들은 이 밀실, 더 정확히는 제구대 위에 소중하게 안치된 위패를 위해 존재하고 있던 것이다. 그 위패를 발견한 순간, 드는 생각이 있었고 사실로 판명 났다.

정마교주, 놈이 줄곧 거짓말로 날 속였다.

영생하기 때문에 모실 필요가 없다던 혈마의 위패가 여기에 있었다.

어쩌면 혈마능도 꾸며낸 이야기에 불과할 것이다. 전부 이 몸, 흑천마검이 여기를 찾지 못하게끔 머리를 굴린 것이 아니겠는가.

그렇다면 혈마능은 시야를 흐리게 하기 위한 미끼에 불과하다.

나는 픽 웃으면서 위패를 향해 손을 뻗었다. 어떻게 된 일인지는 몰라도, 혈마의 위패가 나를 끊임없이 부르고 있다는 것만큼은 확실했다.

후대에 만들어진 것에 불과한 것이 무슨 공능이 있다고?

그건 큰 오산이었다.

혈마의 위패를 움켜쥐었을 때, 심장이 철렁 내려앉았다. 극한의 시간대를 뚫고 엄습해 온 뭔가가 있었다. 그 움직임은 물리적으로 계산할 수 없는 자연 현상과도 같은 것이었다.

무슨 까닭에선지 내 몸에 닿자마자 위패로 다시 돌아가고 말았지만, 불가항력(不可抗力)적인 그것은 과연 불쾌하고도 불길한 것이었다. 또한 몹시 위협적이며 치명적이다.

저주가 깃든 물건이 있다면, 바로 이런 것을 두고 말하는 것일 게다.

나는 위패를 제자리에 빠르게 돌려놓고는 한숨 돌렸다.

다시 만지고 싶은 생각이 조금도 들지 않았다. 정말로 다행스럽게도, 내게 미친 어떤 영향이 없었지만 무슨 악랄한 일이 일어났다고 하더라도 나는 저항할 수 없었을 것이다.

그만큼이나 내가 느낀 위기감은 실로 섬뜩하였다.

"혈마…… . 그대가 깃든 것이냐?"

당장 떠오르는 생각은 그것뿐이다.

하찮은 저주 따위라기보다는, 차라리 그편이 더 말이 된다고 생각했다.

바로 이 위패 때문에 정마교에서는 혈마가 영생하고 있다고 믿고 있었던 것인가? 신앙에 불과했던 것이 아니라?

혈마의 영생을 두고 정마교주가 보였던 언행은, 정말이지 신앙의 개념을 넘어서 있기는 했었다.

괘씸한 정마교주보다는 당장 이 밀실에 있는 것부터 끄집어냈다. 놈은 횃불이 만들어낸 제구대의 그림자 안에 숨어 있었다.

극한의 시간대를 만들어내는 날 선 감각을 풀어버리면

서, 그를 기다리고 있는 것이 무엇인지 두 눈으로 확인시
켜 주었다. 녀석은 나와 눈이 마주쳤고, 밀실에 퍼져 있는
절대적인 기운을 깨달았다.

너무도 경황이 없거니와 두려움을 이기지 못해, 제 임
무를 망각해 버린 것 같았다. 그림자 안으로 다시 숨어들
려는 녀석이었다.

훼엑.

내 몸에서 뻗친 붉은 올가미가 녀석을 확 잡아끌었다.

그렇게 찰나에 산소가 부족해져서는 검붉어진 얼굴을
띠더니, 입을 열려고 애를 썼다. 숨통을 틔워줬다.

"본교는 무사합니까아아……."

이미 녀석의 목소리는 확 티가 날정도로 무너져 있었
다.

무시하고 말했다.

"가증스런 네놈들의 교주부터 당장 쳐 죽일까 했지만.
지금은 전부 네놈하기에 달렸군."

"저는 일개 그림자에 불과합니다아아……."

녀석은 천년금박을 맡겨둔 혼원귀와 여러모로 닮았다.
무공도 그러하며, 녀석이 살아온 일생 또한 그럴 것이다.

"저기에 깃든 게 무엇이냐?"

나는 위패를 가리켜 물었다. 그러면서도 역시, 다시 만

지고 싶은 생각은 추호만큼도 들지 않았다.

앞에서 대답이 바로 들려오지 않는다. 다시 숨통을 조였다.

내 손이나 다를 바 없이 움직인 붉은 기운이 녀석의 목뿐만 아니라 사지와 몸통까지도 한 번에 압박해 들어갔다. 동시에 혈맥까지 침투한다. 녀석이 음험한 무공의 특성을 통해 저항해 보려 하지만, 올가미에 실린 힘이 살고 죽는 선상을 위태롭게 오고갔다. 녀석은 이대로 갔을 때의 제 미래를 읽었다.

온몸의 뼈가 바스라지고 근육들이 짓뭉개지는, 아주 고통스러운 죽음.

그마저도 내가 허락해야만 죽을 수가 있는 미래를 말이다.

한편, 신경 쓰고 있던 정마교주의 기운이 이쪽으로 방향을 트는 게 느껴졌다. 나는 입구부터 봉쇄할 목적으로 공력을 좀 더 끌어냈다.

내 올가미에 갇혀 있는 녀석은 몹시 고통스러운 와중에도 입구가 어떤 식으로 봉쇄되는지, 그 경이로운 광경에서 눈을 떼지 못했다.

열기가 지극해서, 붉은색으로 아주 선명히 형성된 기운이 밀실 입구에 얇은 막을 생성했다. 그것은 닿는 모든 것

을 태워 버릴 것이다. 이제 밀실 안에는 누구도 들어 올
수 없다.

녀석은 입구를 틀어막은 붉은 막에서 느껴지는 기운이
어떤 것이 또한 제대로 느끼고는, 조금이나마 남아있던
희망마저 잃어버렸다. 그러니 끝내 참고 있던 비명을 토
하고 만다.

귀신의 울음소리와 같은 비명소리가 한참을 메아리쳤
다.

다시 숨통을 풀어준다.

"불쌍한 아이야. 속박의 금제(禁制)로도 충분히 그러할
진대, 왜 계속 버티느냐. 지옥이 따로 있는 게 아니다. 육
신의 괴로움이 지극한 이곳이야말로 지옥이 아니고 무엇
이겠느냐."

진심이었다.

힘을 살짝 더 풀었음에도 불구하고, 녀석의 팔다리가
무력하게 허우적댔다. 본연의 쓰임을 망각한 채 보이는
그러한 움직임에는 처절한 고통이 깃들어 있었다.

나는 녀석 모르게 속으로 깊은 한숨을 내쉰 다음, 다음
단계로 돌입할 마음의 준비를 끝마쳤다.

그런데 그때 내 눈에서 심중을 읽어낸 것인지, 녀석은
그가 지을 수 있는 최대의 두려운 표정을 지으며 발버둥

쳤다.

그러면서 말을 할 수 있도록 갈구했다. 만면에 지은 표정과 온 몸짓으로.

녀석의 입이 뼈끔거렸다.

"혼(魂)……."

나는 녀석을 옥죄고 있던 모든 기울은 전부 거둬들였다.

속절없이 바닥으로 떨어진 녀석은, 쓰러진 그대로 계속 꿈틀거렸다.

"무엇이라 하였느냐?"

하긴, 내 말이 제대로 들릴 리가 없었다.

나는 녀석이 조금이나마 진정할 수 있도록 기다렸고, 그러는 동안 정마교주 놈이 밀실 입구 앞에 다다랐다. 하지만 밀실 입구에 생성된 붉은 막이 무엇인지 느끼지 못할 놈이 아니었다.

붉게만 보이는 막 저편으로, 정마교주 놈이 짓고 있는 표정이 보였다. 몹시 다급한 감정을 기본으로 두르고 있되, 밀실을 지키고 있던 녀석이 보였던 두려움보다 더 큰 두려움이 거기에서 스믈스믈 피어나오고 있었다.

정마교주 놈은 막 바깥에서 이러지도 저러지도 못했다.

비로소 아래에서 힘없는 소리가 흘러나왔다.

"그분의 혼일 것입니다아아……."

"확실히 하거라. 불쌍한 아이야. 혼백(魂魄)이냐, 혼이
냐."

"혼입니다아아……."

*   *   *

혼기귀우천 형백귀우지(魂氣歸于天 形魄歸于地) 라는 말
이 있다.

이는 혼(魂)은 하늘로 돌아가고 백(魄)은 땅으로 돌아간
다는 말인데, 인간의 영혼이 본시 둘로 이뤄졌다는 믿음
에서 나왔다.

지금껏 혼백을 직접 접한 적이 없었고, 설사 옥제황월
이 불사의 존재가 되었던 이유가 기본적으로 그러한 이치
에서 시작되었다고 해도, 나는 반신반의해 오던 중이었
다.

심장이 멈춰 사후 세계에 거의 인접했던 당시에도, 어
떤 여한보다도 혼백의 정체가 궁금했었다. 흑천마검이 개
입하지 않았더라면, 나는 정말로 죽어 혼백의 정체를 보
고 말았을 것이다.

하지만 이제 그것이 내 눈앞에 있다고 한다.

나는 밀실 그림자 녀석의 그랬던 말을 믿었다.

직전에 위패에서 나왔다가 나와 접촉하기 무섭게 다시 되돌아간 그것은, 심지어 내게도 정체불명의 것이었기 때문이었다.

선천진기와 후천진기 그리고 대 우주의 진리와 그러한 실존적 존재들.

온갖 형이상학적인 문제들을 직접 접해왔던 나였으나, 그것에 대해서는 혼 이외에는 설명할 수 있는 어떤 것도 떠오르지 않았다.

하물며 인간이 죽어 혼은 위패에 담기고, 백은 육체에 깃들다가 땅으로 돌아간다던 구전(口傳)된 옛말과 상황이 일치하기까지 했다.

그렇다면 혈마 정도 되는 위인의 혼이기에 여태껏 남아있을 수 있던 것일까.

"나머지 백(魄)에 대해 말해 보거라. 그건 어디에 있느냐?"

명령하는 차가운 목소리에, 녀석은 다시금 목소리를 쥐어짜 냈다.

"제…… 임무는 여기서 위패를 지키는 것이 전부입니다아아."

나는 선 자리에서 녀석을 가만히 내려다보다가 뒤로 몸을 틀었다. 정마교주는 용케도 도망가지 않고 막이 사라지길 기다리고 있었다.

아마도 막이 사라지면 미약한 저항을 할 것이다. 본인이 내 앞에서 얼마나 무력한 존재인지를 망각하고서.

실제로 그랬다.

막이 사라지자마자, 놈이 내 쪽으로 몸을 던졌다. 어쩐지 소리가 들리는 것 같다. 놈의 마지막을 위한 장송곡(葬送曲). 찰나에 곤두서는 감각이 무거운 리듬을 이끈다.

나는 허공에서 멈춰 있는 녀석 앞에 섰다. 그리고 놈의 목적이 내가 아니라 위패에 있음을 알 수 있었다. 찢겨진 의복 안으로 가슴을 훤히 드러낸 그곳에 검지를 가져다 댔다.

살짝만 눌러도, 놈의 심장은 멈춘다. 하지만 그것으로 비밀도 함께 사라져버리겠지.

언제든 제거할 수 있다. 나는 한쪽으로 비켜섰다. 놈은 아주 느릿하게 움직인다.

체감시간 일 분 정도를 기다려야 일 미터 정도 더 나아갈 뿐이다. 그것도 그나마 놈이기에 가능한 일이지, 밀실의 그림자 녀석은 고통스런 얼굴로 정지된 상태와 다를 바 없있다.

십삼 미터, 십이 미터, 십일 미터, 십 미터……

정마교주 놈과 위패의 거리가 점점 좁혀진다. 차 한 잔 마실 체감 시간이 지났을 무렵, 드디어 놈이 위패에 다다랐다. 뻗쳐진 놈의 손아귀가 위패를 완전히 감싸는 것 또한 기다렸다.

놈이 위패를 쥐었다. 지척에서 위패와 놈의 반응을 살폈다.

하지만 놈의 표정은 처음의 다급한 그대로에서 변함이 없었고, 위패에서도 어떤 뭔가를 느낄 수 없었다. 그러니까 나에게만 반응했다는 것이다.

위패와 접촉하는 것은 위험한 일인 것 같았다. 그래서 나는 섭물(攝物)의 수로 위패를 잡아당겼다. 놈의 손아귀에 있던 위패가 천천히 날아와 내 정수리 위쪽 허공에 고정됐다.

서클에 메모라이즈 되어 있던 결정 하나를 끄집어내, 그림자 녀석의 고통을 조금이나마 덜어주도록 하고서 밀실 밖으로 함께 밀어냈다.

한없이 느렸던 리듬에 점점 가속도가 붙기 시작한다. 보이지 않는 공기의 흐림도 마찬가지. 잔뜩 조여졌던 태엽이 일순간에 풀어져 버리는 것과 같다.

화와아악.

정마교주 놈이 빠른 속도로 바닥에 착지했다. 제 손아 귀에 있어야 할 혈마의 위패를 내 머리 위에서 발견할 수밖에 없던지라, 놈은 스스로를 비웃듯 웃었다. 하지만 그 허탈한 표정마저, 지금까지 그래왔듯 의도적인 것일 수도 있었다.

"마령이여."

나를 여전히 그렇게 부르는 놈에게, 나는 얼굴을 굳혀 보였다.

"교주. 아직도 내가 마령 같은가?"

놈은 더할 나위 없이 조용해졌다. 말뿐만 아니라 표정과 행동 또한 그랬다. 순간에 푹 가라앉아서는, 독사 같은 눈길로 나를 가만히 바라보는 것이었다.

그리고는 거친 목소리로 말했다. 내가 인간일 리가 없다는, 그만의 확신에 찬 여전한 목소리였다.

"하면 뭐라 불러 드리면 좋겠소? 사람이고 싶은 것이오?"

그가 들어선 경지만큼, 그에게만 보이는 게 있기 때문일 것이다.

확실히 그렇다. 어떤 의미로는 놈의 말이 틀린 것이 아니다. 나는 인간의 한계를 벗어났다. 그러니 내 존재가, 내 의지가 항상 이 세계에 위협이 되는 것이다.

"네놈에게는 위패에 깃든 혼이 반응하지 않더군. 하면 어떤 식으로 혈마의 목소리를 듣는 것이냐."

나는 예전의 기억을 떠올리며 짐작해 물었다. 과연 놈이 반응을 보였다. 놈이 눈길이 내 머리 위쪽, 위패로 향했다.

놈이 어금니를 꽉 문 것도 잠깐이었다. 이내 어떤 즐거운 생각이 드는 것인지, 반색한 얼굴로 뇌까렸다.

"위패는 제자리에 돌려놓으시오. 하면 무엇이든 드리리다. 수고를 덜어드리겠단 말이외다."

내가 혈마의 혼을 삼키기 위해 찾아 왔다고 생각해 왔던 것일 테지. 놈이 줄곧 경계하며 나를 속인 이유가 바로 그것이다. 하지만 내 목적이 다른 데에 있다는 것을 알아차린 모양이었다.

한편 나는 작금의 상황이 마음에 들지 않았다.

쪼개진 두 반신이나 내게 지대한 관심을 주고 있는 인과율 그리고 인과율의 현신들만으로도 몹시 벅차다. 여기에 혈마의 혼백 문제까지.

차라리 지금이라도 발견한 것이 어디냐고 긍정적이라 생각하기에는, 혹을 떼러 왔다가 도리어 하나 더 붙인 꼴이라는 기분을 뿌리칠 수가 없다.

"혈마의 목소리를 어떻게 듣느냐 물었다."

"믿기만 한다면, 가감 없이 들려주겠소."

나는 신경질적으로 손을 까닥였다.

"왜 그렇게 생각하는지는 모르겠소만, 비로소 영생을 이루신 혈마께선 오래된 육신을 진작에 버리셨소이다."

"육신이 없는데, 어찌 목소리를 내느냐는 것이냐?"

"그것이외다."

"한데 여기에서 내려오는 어떤 명령이 있겠지. 어떤 식이냐?"

"간혹 보여주시는 바가 있소."

이번만큼은 거짓말처럼 들리지 않았다.

정마교주는 안심하고 있었으며, 내가 원하는 것을 얻고 빨리 정마교에서 나가주길 소원하는 것 같았다.

"지금은?"

"없소이다. 믿으시오."

나는 정말 하기 싫었지만, 다시 위패를 향해 손을 뻗었다.

정마교주가 놀란 음성을 터트리는 그때, 위패는 직전에 보였던 반응을 또 보였다. 그것이 내 몸에 엄습했다가 되돌아가는데, 위패를 잡고 있는 동안에는 그 위험한 반응이 계속 반복됐다.

순간순간이 아슬아슬한 위기와 다름없었다. 계속된다

면 내게 어떤 피해가 있을지도 모른다는 생각에 미쳤다.
위패를 다시 머리 위 허공으로 고정시켰다.

그때 정마교주 놈은 내 이마에 맺힌 식은땀을 발견했으
나, 모르는 체하였다. 하지만 속으로는 음험한 웃음을 짓
고 있을 게 다 보였다.

"간혹 보여 주는 바가 있단 말이지?"

"그렇소이다."

혈마의 혼과 나 사이에 있었던 정확한 사정을 모르는
정마교주는, 목소리에 힘을 담아 말했다.

"한때 두 마령을 다스리셨던 분의 혼이 담긴 기물이외
다. 마령에게는 조금도 이롭지 않을 것이니, 그만 돌려놓
는 게 좋겠소만."

혈마의 혼이 내 몸에 들어오려고 계속 시도하지만, 들
어오지를 못 한다.

내가 저항해서가 아니다.

혼의 움직임은 비록 나일지라도 대항할 수 있는 그런
게 아니었다.

그렇다면 내 혼백 때문인 것인가? 혼과 백으로 나누어
진 불완전한 하나보다도, 내 혼백이 더 강하기 때문인 것
인가?

혼백에 대한 실체가 손에 잡히지 않으니 무엇도 확신할

수 없는 상황이다. 답답함이 점점 커진다.

"혼이 여기에 있다면, 나머지 백(魄)은 어디에 있느냐?"

"……."

처음으로 정마교주의 두 눈 안으로 뭔가가 깨지는 소리가 들리는 것 같았다. 흔들리는 동공, 의심을 품기 시작한다.

그럴 리가 없어…….

마침내 정마교주는 그렇게까지 읽히는 눈빛을 보였다.

거기에 쐐기를 박았다.

"본좌는 흑천마검도, 백운신검도 아니다."

쉐에에엑!

갑자기 날아드는 정마교주를 향해 붉은 올가미를 던졌다. 놈은 대(大)자의 자세로 사지가 사방으로 쭉 당겨져서는, 거미줄에 얽히고 만 하루살이처럼 발버둥 치는 게 전부다.

"생각해 보니 오늘은 아무도 죽지 않는 날이로구나. 하지만 곧 날이 바뀌겠지."

놈은 뭐라 형용할 수 없는 표정을 지었다.

"곧 죽을 사람은 네놈 하나로 족할 것이다. 소교주 마휘련이 네 뒤를 이을 테니. 너희들이 서방의 방패임을 망각하지만 않는다면, 본좌가 다시 이곳을 찾을 이유가 없지. 네놈이 내 궁금증을 풀어 주기만 한다면 말이다. 그러니 지금부터 네놈이 걱정할 것은 너희들의 존망(存亡)이 아니라, 도무지 끝나지 않을 고통이니라."

내 몸에서 순간 뻗쳐 나간 공력이 입구뿐만 아니라 밀실 전체를 크게 감쌌다.

놈에게서 피어오른 두려움의 향기 또한 점점 짙어지기 시작했다. 놈도 알고 있는 것이다. 육신의 고통을 이기지 못할 것이란 것을. 그리고 제 마음대로 죽지 못할 것을.

*   *   *

"위패가…… 따로 안치된 건…… 6대…… 6대 때부터…… 크아아악! 그만…… 그마아아아아아아악!"

*   *   *

교리만 놓고 보아도, 5대까지의 정마교 교리는 교주들이 혈마의 화신이라는 본교의 교리와 동일하였다. 그러나 6대째부터 교리가 수정된다.

6대 교주는 본인이 혈마의 화신임을 부정하였다. 그러면서 혈마의 영생(永生)이라는 개념이 시작됐다.

동시에 전대교주들은 혈마의 화신에서, 윤회에서 벗어나지 못한 혈마의 육신을 지닌 자로 등급이 낮아졌다. 정마교주는 그런 개념을 빌려 본교를 비웃기까지 했다.

혈마의 영생.

정마교 평교도들에게 그것은 믿음이었으나, 이후의 정마교주들에겐 직접 느낀 사실이었다. 위패에 혼이 깃들어 있었고, 혼은 정마교주들에게 그 존재를 꾸준히 알려 왔으니까.

종합하건대, 5대까지는 위패에 혈마의 혼이 깃들지 않았을 것이다.

그러나 모든 일은 정마교의 5대 교주가 죽으면서 일어났다. 6대 교주는 교리를 수정함과 동시에 혈마의 위패를 따로 안치하였다. 그때 난데없이 혈마의 혼이 위패에 깃든 것이다.

하면 혈마의 혼은 왜 그때 모습을 드러낸 것인가.

이는 명왕단천공과 일련의 사건들을 결부시켜 보았을 때.

여러모로 맞아 떨어진다.

인정하고 싶지 않아도, 명왕단천공의 기이한 공능 또한 비로소 설명된다.

지금까지 해왔던 의심이 틀린 게 아니라면……

명왕단천공은 무공이 아니게 된다.

지금 내 안에 혈마의 반쪽짜리 영혼, 백(魄)이 담겨져 있을 수 있다.

그 생각에 미치는 순간, 얼굴이 와락 일그러졌다.

기생충들 중에도 숙주에게 이로운 것들이 존재한다. 그러한 기생충들은 살아가는 데 필요한 영양분에만 만족하고, 도리어 숙주의 면역 체계에 도움을 준다.

내게 전승된 명왕단천공이 영락없이 그 꼴처럼 느껴졌다.

그러나 당장 드러난 사실만 놓고 볼 때 그렇지, 중요한 건 명왕단천공을 통해 자신의 혼백을 잔존시켰던 혈마의 저의에 달렸다.

선한 의도에서 비롯된 경우엔 후대가 흑천마검이나 백운신검을 다스리기 위함이겠고, 악한 의도에서 비롯된 경우에는 부활을 꿈꾸기 위함이 아니겠는가.

아니지 아니야.

진정한 초월자인 그의 의중을 지금 내가 어떻게 판단할 수 있을까.

나는 성 마루스에서 지고한 사실을 알게 되었을 때만큼이나, 뼛속까지 사무치는 무력함을 절실히 느꼈다. 그러는 동시에 의식 세계로 들어가, 백을 찾아 나설까도 생각해 봤다.

하지만 무방비 상태에 빠지는 것은 둘째치고라도, 인간의 의식이란 또 다른 우주의 영역이라서 얼마큼 넓은지 인지할 수조차 없이 광활한 법이다.

또한 혼과 백이라는 것이 살아있는 자가, 인지할 수 없는 또 다른 차원의 문제일 수도 있다는 생각도 들었다. 설사 인지할 수 있는 것이라 하여도, 자아(自我)를 망각하여 그저 처음의 명령대로만 움직이는 상태일 수도 있었다.

한때 전지전능한 본 차원의 신이었음에도 불구하고, 쪼개져 불완전해져 버린 어떤 두 반신이 그러하듯.

불(不) 완전함이란 바로 그런 것이니까.

"……."

그렇다고 이 전부를 미지의 영역으로 남겨둔 채 접어버리기에는, 꽤나 가까이 접근한 상황임에는 틀림없었다.

끝장을 볼 생각으로 정마교주를 쳐다봤다.

놈은 여전히 발버둥치고 있었다.

단전이 파괴되는 것은 물론, 온 뼈가 다 바스러지고 근육들도 짓뭉개진 터라, 웃는 얼굴이 무척 괴상망측하다. 사실 웃는 얼굴이라기보다는 고통에 비명을 지를 때의 얼굴과 좀 더 비슷했다.

나와 눈이 다시 마주쳤을 때, 놈은 두려움에 질려서 마구잡이로 허우적거렸다.

그러고도 새로운 사실을 토해내지 않는 것을 보면 놈에 겐 이제 남은 이야기가 없었다. 안식을 허락할 때가 온 것 같았다.

하지만 목숨까지 거둘 생각은 없었다. 정마교와의 관계 는 지금만으로도 충분히 악화될 대로 되었다. 교주의 목 숨을 직접적으로 빼앗기까지 한다면, 정마교도들은 사력 을 다해 본교에 복수하려 들 것이다. 정마교는 아직 존속 해야 할 이유가 충분히 있었다.

한편 밀실은 내가 퍼트린 기운에 의해 진정한 밀실이 되어있었다.

바깥에 소교주 마휘련을 비롯해, 정마교의 고위급 인사 들이 도착한 지 꽤 됐지만 그들은 이 안에서 벌어지는 일 들을 볼 수도 들을 수도 없었다.

그들이 볼 수 있는 것이라고는 입구를 막아선 붉은 형 체의 막뿐.

결국 정마교주는 육신의 고통을 견디다 못해 이지를 상 실했다. 히죽거리는 늙은 노인에 불과해진 그에게서 내 관심은 자연스럽게 위패로 돌아갔다.

남은 수는 이제 하나밖에 없다.

위패를 파괴해 보는 것.

그러면 혼(魂)이라는 실체에 대해서 조금이나마 근접할 수 있을지도 모른다.

사람들이 일반적으로 생각하는 귀신은 죽어 남겨진 선천진기를 오인하는 것이 틀림없지만, 혼백의 존재는 또 다른 문제였다. 흔히들 말하는 천국과 지옥, 그러한 사후 세계의 연장선에 있는 문제니 말이다.

아니면 혈마가 진정한 초월자라서, 혼백(魂魄)으로 보이는 어떤 정신세계를 물질적인 차원으로까지 이끌어 낸 것일 수도 있다.

마음의 준비를 한 다음, 섭물의 수법으로 위패를 움직였다.

위패에 과거의 망령 일부가 깃들어 있을지 몰라도, 위패 자체는 후대가 만들어낸 물질에 불과하다. 그래도 만일을 대비하여 완전히 소멸시킬 생각은 없었다.

벽에 강하게 던져 버렸고.

와직!

산산조각 깨져버리는 그 순간에 주목했다.

기름 먹인 양피지가 난데없이 튀어나온 건, 바로 그때였다.

하지만 그 안을 확인해 볼 여유는 없었다. 혈마의 혼이 온다고 느껴질 때는 벌써 부딪쳤다가, 계속 그러한 움직임이 반복되고 있는 와중이었다.

명왕단천공, 혹은 혈마의 백이 신경질적인 자극들을 빠릿하게 일으켜대는데, 나는 그것이 부쩍 강렬해진 혈마의 혼에 저항하기 위한 반응처럼 느껴졌다.

"크으……."

머리가 쪼개지는 고통이 일고 있었다. 하지만 진짜가 아니라 거짓이다.

혈마의 혼이 내게 들어오려는 시도에 비례해서, 환통(幻痛)이 거세진다.

뇌리를 번뜩이는 붉고 푸른 자극은, 어느새 뇌리에서만 그친 게 아니라 온 시야까지 그렇게 만들었다. 오색의 빛무리로 가득 찬 의식 세계에 들어선 느낌과 흡사했다.

그런데 쾌재로다.

의심했던 문제, 하나를 깨닫는 순간이 찾아왔다.

명왕단천공으로 일어나는 자극이나, 내 몸에 들어오려고 반복적으로 시도하는 어떤 느낌들. 그것들은 마치 기계적으로 움직임을 보였다.

과연, 이것들은 자아를 망각했다.

마지막 집념 혹은 사무친 숙원(宿怨)이라고 명명해도 마땅할, 명령에 의해서 움직이는 것이다.

그 사실까지 알아차렸을 때 나를 괴롭히던 환통이 사라졌다.

계속해서 내게 들어오려 했던 혼의 움직임이 부쩍 느려졌다. 처음에는 자연현상처럼 인지하지 못할 만한 빠르기였다면, 미약해진 지금은 내가 충분히 따라잡을 만큼의 속도까지 내려왔다.

힘이, 속도가 계속 떨어진다.

사라지려는 것 같다.

모든 사건들이 찰나와 같이 빠르게 이루어지고 있었다.

그렇게 느끼자마자, 나는 제구대 한쪽을 한 움큼 때어 내 사각으로 다듬고 보았다.

그렇게 혈마의 위패가 새로 만들어지는 순간.

어김없이 혈마의 혼이 새로운 위패 안으로 다시 깃드는 것이었다.

"후……."

그제야 긴 숨을 내뱉을 여유가 생겼다.

*　　*　　*

혈마의 위패 안에 기름을 잔뜩 먹인 양피지가 감춰져

있었다. 역대 정마교주 그 누구도 모르는 일이었을 것이다. 그 누가 감히 혈마의 위패를 부술 생각을 할 수 있었겠는가.

나는 새로 만들어진 저주 들린 물건을 한쪽으로 치워버린 후, 양피지를 조심스럽게 폈다.

돌돌 말린 그것이 펴질 때마다, 조그마한 크기만큼이나 깨알 같은 크기의 문자들이 속속 나타나기 시작했다.

혈마의 혼과 백이 자아를 망각했다는 사실을 확인한 다음으로, 우연히 얻은 이 실마리가 어쩐지 우연 같이 느껴지지 않는 건 또 왜일까.

도무지 인과율에 대한 생각을 떨쳐 낼 수가 없다.

[실수가 아니길 바란다.]

양피지의 내용은 그렇게 해석되는 문장으로 시작됐다.

[또한 네가 본교의 전인이길 바란다. 네가 본교의 전인이 아니라면, 이 이야기는 망령된 고인의 장난에 지나지 않을 것이다.]

이 양피지를 남긴 자가 누구인지는, 수수께끼라고도 할

수 없었다. 혈마의 위패는 존마교 2대째에 만들어졌을 테니.

당연히 양피지의 주인은 존마교 2대 교주다.

[이 이야기가 영원히 전해지지 않기를 소원하느니라. 허나 본교의 전인인 네가 귀존(貴尊)한 위패를 깨트렸다면, 너는 명왕단천공이 무엇인지 진정 깨달은 것이겠지. 그 경지가 심히 높은바, 선대로서는 크게 기쁘면서도 화난 네 마음을 어찌 달랠까.]

오래된 언어였고, 나는 최대한 지금에 맞게 해석하고자 했다.

[너를 괴롭히고 있는 그 귀(鬼)는, 존엄하신 그분이 맞느니라. 하지만 그것은 그분의 본 모습이 아니리라. 본시 하늘에 닿은 성품을 지니신 위대하신 분이시나, 네가 그분을 귀신으로 여길 수밖에 없던 이유는 전부 이 죄인에게 있노라.]

무슨 이야기를 하고 있는 것일까, 읽어 내려가는 시선이 빨라졌다.

[허나 이 죄인이 지은 죄로 하여금, 네 자신이 상실(喪失)되지 않은 것이니, 이는 후대를 위한 나의 안배일 수도 있겠구나 생각 들어 비로소 나는 결단할 수 있을 것이다. 그렇느니라. 지금은 아직 아무것도 이뤄진 것이 없는 날이다.]

오래된 문자이기도 하지만, 어떤 것들은 또 희미해서 문맥상의 의미로 해석할 수밖에 없었다.

[나는 오늘을 마치며, 그분께서는 나를 홀로 두신 것과는 달리, 나는 들을 데려와 머리에 담고 있는 이 죄악스런 생각을 실행에 옮길 것이니라. 그렇게 대를 이어 나가, 그 들의 후인 중 하나인 네가 나의 오래된 말을 듣고 있는 것이다.]

알고 있는 사실이다. 우주에 대한 이야기가 언급되며 다음이 이어졌다.

[네가 진정 귀신으로 느껴지는 그분에게 화가 나서, 그분의 위패를 깬 것이라면, 너는 이미 태극에서 비롯

된, 만물을 포용하는 공간을 깨달은 경지에 도달했을 것이니라.]

나는 오랜 시간 속에 숨겨져 있던 이야기에 점점 빠져들었다.

[그러니 알 것이다. 너와 내가 하나지만 다르다는 것을 말이다. 그분께서 나를 이 땅으로 부르시어, 명왕단천공을 전수해 주셨을 때에 나는 그러한 진리들을 몰랐다. 내가 진리에 가까워진 것은 불과 몇 해 전이었고, 명왕단천공이 진정 무엇인지 또한 깨닫게 되었다. 이 죄악한 계획은 그때부터 시작된 것이다.]

죄악한 계획?

[허나 그분께서 이 세상에 더 없으시면 흑천과 백운은 어찌한단 말이느냐. 내가 상실되지 않으면서 흑천과 백운을 도모하려면, 그분의 혼백을 들로 나누어 전승할 수밖에 없음이다.]

2대 존마교주가 양피를 적었을 당시는 계획을 실행에

옮기기 직전이었다.

그는 이 양피지가 세상 밖으로 나오게 되는 경우를 세 가지로 가정해 두었다. 실수와 외부의 침략. 그러나 중요한 가정은 지금 말할 마지막에 있다.

예컨대 이런 경우다.

후대의 누군가가 명왕단천공을 대성하고 보니, 사실 명왕단천공이 무공이 아니라 혈마로 추정되는 귀신이 잔존해 오는 방법이라는 사실을 깨닫게 되었다.

그런데 거기서 그친 게 아니라 그 귀신에게 괴롭힘을 당하는데, 그게 몹시 화가 나서 혈마의 위패를 부시고 만 경우라 할 수 있다.

실로 의미심장한 이야기였다.

명왕단천공을 대성하면 내게 전해진 혈마의 백(魄)이 귀(鬼)처럼 느껴진다, 라는 부분 때문이다.

그리고 괴롭힘을 당하고 있을 거라 표현까지 해둔 것을 보면, 이는 틀림없이 혈마의 백이 망각하고 있던 자아를 되찾게 되면서 벌어지는 일인 것 같았다.

"음......."

명왕단천공의 대성을 목전까지 둔 입장으로서는 부정하고 싶은 이야기였다. 하지만 당장 떼어내 버리고 싶게도,

하나같이 말이 된다.

그러나 2대 존마교주는 지금의 경우를 예상하지 못했다.

실수와 외부의 침략은 없었고, 누가 명왕단천공을 대성한 것도 아니었다. 위패에 실린 혼이 나를 이끌었다.

아마도 2대 존마교주는 정마교의 5대째에 이르러 갑자기 절명해 버릴 것까지는 생각지 못했겠지. 2대 존마교주의 생각대로라면, 혈마의 혼은 지금까지 온전히 잔존되어 정마교주에게 머물러 있어야 했다.

나는 그쯤에서 생각을 접고, 다음 문단으로 시선을 내렸다.

[그분의 혼백을 둘로 나누어 전승한 것은 내 두려운 마음에서 비롯된 것이나, 백운의 형상을 검으로 바꾼 것은 너를 위한 안배이니라. 알고 있느냐. 높고 엄숙함이 극에 달해 감히 범접할 수 없는 그분께서는, 흑천과 백운을 검과 검집으로 형상하시어 다스려오셨다. 본시 백운은 검이 아니라 검집이었느니라. 맞다. 지금 내게는 흑천 담긴 백운이 있도다.]

전설은 사실이었다.

[흑천과 백운의 본질은 선도 아니고 악도 아니니라. 그러나 위대하신 그분께서 그 옛날, 백운을 대지모신이라 믿었을 만큼 존엄한 존재들이니라. 지금 너는 태극과 만물을 포용하는 공간에 깨달았을 터이니, 흑천과 백운의 본연(本然)이 무엇인지 또한 알고 있겠으니 이를 더 설명해 무엇하겠는가.]

다음.

[네게 닿은 게 무엇이냐. 흑천이냐. 백운이냐. 무엇이 닿았든지 간에 그 하나만으로도 몹시 어렵고 괴로워왔을 것이니라. 하지만 그마저도 검집에 갇혀 있는 것들이 아니겠느냐. 그렇다. 그 검집들 또한 너와 너희들을 위한 나의 안배이니라. 나는 그분께서 타계의 마물들을 집어넣은 공간에서, 흑천과 백운을 담아둘 수 있는 방법을 생각해 냈느니라.]

역시, 흑천마검과 백운신검의 검집을 만들어낸 것도 2대 교주였다. 하지만 검집은 흑천마검을 속박할 수 있는 완전한 방법이 아니다.

[그래도 두렵구나. 영원하지 않을 미봉책(彌縫策)임을 알기 때문이다. 허나 이렇듯, 네가 명왕단천공을 대성하여 비로소 그분을 통해 흑천이나 백운을 다스릴 수 있게 된 것을 생각해 보면, 아직 이뤄지지 않는 훗날이 심히 기쁘도다. 비록 그분이 둘로 나눠진 탓에 귀(鬼)처럼 느껴질 테지만, 이렇듯 내 죄악을 모두 밝히는바, 본시 온 만물이 알았던 그분의 위대함을 절대 의심치 말아야 할 것이다.]

다음.

[지금은 눈치챘어야 할 것이다. 네가 극복하였던 고난의 정도는 모두 내 안배하에 미약해져 있었음을 말이다. 너와 너희들은 내 안배로 하여금 검집에 갇힌 흑천이나 백운을 상대해 왔겠지만, 그분께서는 내게 흑천과 백운을 모두 닿게 하셨다. 흑천 담긴 백운, 백운 잡은 흑천. 이리 말할 수 있겠구나. 너는 나를 이해해야 한다. 우리는 그분과 같이 위대하지 않으니.]

"그건 이해하겠소……."

어쩐지 드는 쓸쓸한 마음대로 가만히 중얼거렸다.

[허나 흑천과 백운을 그들의 힘으로 다스리는 것은 오로지 그분만이 이루실 수 있는 일이었다. 나는 몹시 괴롭다. 흑천과 백운은 내 성정(性情)의 본질이 얼마나 약하고 악한 것인지 항상 깨닫게 만들어 주고 있도다. 그분이 깨어나 내 자신이 상실되기 이전에, 흑천과 백운을 견디지 못할까 봐 심히 두렵도다. 이미 그 목전에 이르러있음이다.]

선지안(先知眼)과 같은 영적인 능력의 부재가 있다고는 해도, 지금까지 내 경지가 혈마와 같은 경지에 이르렀다고 믿고 있었다.

그러나 혈마의 진전을 바로 이은 제자, 2대 존마교주가 들려주는 이야기는 달랐다.

혈마는 여기서 몇 단계는 더 위까지 이르렀던 것 같다. 심지어 2대 존마교주마저 내가 인지하지 못하는 영역까지 다루고 있지 않은가.

부끄럽기보다는 혼란스럽다.

그때쯤, 글을 작성하고 있던 당시의 2대 존마교주도 혼란한 그의 마음을 솔직하게 털어놓았다.

[그러니 그분의 혼백을 둘로 나눠 전승한다는, 이 죄악한 계획이 정말 내 생각에서 비롯된 것인지, 다시 의심이 일 수밖에 없는 것이다]

흑천마검이나 백운신검의 꾐에 넘어갔을 수도 있다는 말이었다. 그 둘이 공존하며 나를 괴롭히고 있는 경우를 상상하는 것만으로도, 어금니가 악물렸다.

글의 끝이 슬슬 보이기 시작했다.

[허나 이 죄악한 계획은 나와 너희들을 상실(喪失)치 아니하게 만들며, 흑천과 백운을 다스릴 수 있는 종극적인 방법을 남기되, 위대하신 그분의 혼백 또한 비록 본연과는 다를지언정 불멸케 하는 것이다.]

다음.

[다 들려주었느니라. 네가 귀(鬼)라 여기는 그분은 위대하신 혈마의 하등된 혼백 중 하나이니라. 그러니 괴롭다 여기지 말 것이며 그분의 성령을 의심치 말아, 존엄히 모셔야 할 것이다. 만일 흑천과 백운이 둘로 나

뉘고 그분의 혼백이 둘로 나뉜 것과 같이, 본교 또한 둘로 나뉘고 말았다면 본교를 다시 일통(一統)하여 혈천하의 뜻을 받들어야 할 것이다.]

마지막 한 문장이 남았다

[혈마시여. 당신의 미천한 종을 용서하지 마소서.]

제6장

시작과 종착점

　2대 존마교주가 혈마에게 보이는 경의는 심히 지극하였다. 하지만 나는 마지막에 이르러, 그를 이해할 수 없었다. 혈마의 저의가 선인지 악인지를 두고 오랫동안 고민하였지만, 결국 악의라는 결론밖에 서지 않았기 때문이다.

　혈마의 업적이 얼마나 위대하든지 간에, 그가 보여준 말년의 행동은 몹시 사악했다. 또 다른 자신을 불러와 그의 혼백을 잔존시켰다.

　이는 또 다른 자신의 육신을 차지하여 부활하기 위함으로밖에 볼 수 없다.

글에 깃든 2대 존마교주의 감정선을 보라. 흑천과 백운에게 얻는 괴로움을 퇴로하기 이전에, 본인이 상실될 두려움을 먼저 언급하지 않았던가.

한편.

흑천마검을 소생시킨 이후가 애매해지는 게 사실이었다.

"그래서 흑천마검을 어떻게 되살린단 말이오."

물론 당장 생각나는 방법이 있기는 했다. 양피지에서 시종일관 다뤘던 문제이자, 결사코 하고 싶지 않은 방법이다.

명왕단천공을 막바지에 이르러 완성하지 않은 것이 천운이라 여겨졌다. 완성하고 말았다면, 흑천마검 같은 녀석을 이 몸 안에 달고 다녀야 했을 테니까.

"아시오? 혹 떼러 왔다가 더 큰 혹을 붙이고 말았소이다. 본시 자라나고 있기는 했던 것 같소만, 어쨌든 경각심을 일깨워줘서 고맙소이다."

이해 못 할 2대 존마교주의 마지막 흔적을 향해 고개를 숙였다.

그러나 이대로 정마교를 떠나기에는, 남겨진 일 하나가 더 있었다. 붉은 막 바깥으로 소교주 마휘련을 특정했다.

녀석이 쑥 당겨져 왔다.

갑작스런 사태에 놀라 부릅떠졌던 녀석의 눈이, 실성한 노인에 불과해진 정마교주를 보고 한층 더 크게 떠졌다.

당연히 정마교주는 일대 제자를 알아보지 못한 채, 희죽거리고만 있었다.

"마휘련."

내 말에 마휘련의 시선이 이쪽으로 확 틀어졌다. 침을 삼켜 넘기는 마휘련의 성대가 크게 꿀렁이는 게 바로 보였다.

"교,교주님을 어떻게 하신 것입니까. 넘어서는 안 될 선을 넘으신 겁니다……."

마휘련은 경황이 없었다. 그래서 그들의 언어가 불쑥 튀어나왔다.

또한 위협하는 투였지만, 힘이 실리지 못한 목소리가 금세 흩어져 사라진다. 그것은 나와 차마 눈을 마주치지 못해 피하고 마는, 녀석의 시선이나 다름없었다.

"지금 바깥에는 정마군이……."

그러나 마휘련은 시선이 강제로 돌려지는 바람에, 말을 끝마치지 못했다.

"본좌의 손끝 하나에 너희들의 존망이 달렸음이다. 너희들도 교주도 이를 모르지 않았지. 그래서 내게 고분고분했던 것이고. 다른 녀석들은 몰라도 네 녀석은 눈치채고 있었겠지."

마휘련은 반박하려고 해도 할 수 없었다. 본인도 모르게 나를 마신(魔神)이라고 부르고 만 것이, 불과 세 시간 전의 일이었다.

나는 그걸 또 보여주기로 했다.

녀석으로서는 눈을 감지 못하고 나를 바라볼 수밖에 없는 시간들이 시작됐다. 그리고 어느 순간 녀석의 저항이 멎었다.

녀석을 강압하고 있던 힘을 풀어도, 녀석은 내 눈에서 눈을 떼지 못했다. 블랙홀에 빨려 들어가는 이유가 그곳의 무한한 질량 때문이듯이, 녀석의 앞에 펼쳐진 영역 안에는 십이양공이 절정에 이른 강대한 힘이 깃들어 있었다.

정마교주는 이 힘의 정체를 인외의 영역이라 확신하고는, 나를 흑천마검으로 오인했었다.

풀썩.

결국 마휘련의 신형이 무너졌다. 바로 제 옆에서 실성한 현 교주가 녀석의 몸을 쿡쿡 찌르며 웃고 있어도, 이를 알아차리지 못할 만큼 넋이 나갔다. 녀석의 정신을 깨웠다.

아무 움직임 없는 아래에서 기운 하나 없는 목소리가

올라왔다.

"동, 동방으로만은 부족한 것입니까. 교주께서 본교의 호교군장의 목숨을 빼앗아도, 항거하지 않았던 본교입니다."

"너희들은 그럴 여유가 없었지."

마휘련의 얼굴에 절망이 깃들 때, 나는 한마디 말을 툭 내뱉었다.

"여길 보겠느냐?"

뜬금없이 나온 말이라, 마휘련의 두 눈이 휘둥그레졌다.

나는 양피지의 하단부를 녀석의 앞으로 내밀었다.

"2대 존마교주이자 너희와 우리의 시작인 선대가 남긴 밀언이니라. 혈마의 위패 안에 줄곧 감춰져 있었지."

'만일'로 시작되는 문단에 녀석의 시선을 고정시켰다. 그렇지 않아도 2대 존마교주의 밀언이라는 소리에, 녀석은 이상으로 놀랄 수 없다는 듯한 표정과 함께 양피지를 바라보고 있었다.

"네 녀석도 알아야겠지. 선대가 남긴 사명이 무엇인지."

녀석은 '본교 또한 둘로 나뉘고 말았다면 본교를 다시 일통하여 혈천하의 뜻을 받들어야 할 것이다.' 그 부분을 읽고 또 읽었다.

숨통이 막힌 듯이 사색으로 변해가는 데, 도리어 호흡은 눈에 띄게 가빠졌다.

"교, 교주!"

제발 그것만은!

녀석이 그런 간곡한 얼굴을 번쩍 들었다.

"보다시피 선대의 사명이 본좌에게 닿아 있구나. 선대는 본좌가 너희 정마교를 일통하여, 존마교의 모습을 찾길 바라지."

나는 씁쓸하게 웃었다.

하지만 그것이 녀석에게는 악마의 미소처럼 보였던지, 할 수만 있다면 당장에라도 도망치겠다는 듯이 전신을 꿈틀꿈틀거렸다.

"허나 오래된 망령(亡靈)들의 말을 왜 따르겠느냐. 너희 정마교와 본교는 나눠져 버린 지 너무도 오래되었거늘. 마휘련."

"예, 옛!"

녀석의 대답이 바로 튀어 올랐다.

"교좌에 온전히 오를 수 있겠느냐?"

실성한 정마교주를 바라보며 내내 말이 없던 마휘련이, 이윽고 말문을 뗐을 때.

나는 녀석의 눈 안으로 스위치가 켜지는 걸 보았다. 숨길 수 없는 야망이 느껴졌다.

"본교를 혈마교 아래에 두시겠다는 의중이십니까?"

그렇다면 교좌에 오를 수 없습니다, 라는 식의 가시가 적나라하게 돋아있었다.

하지만 녀석은 전반적으로 내게 호의를 가지고 있었다.

혈마교주가 난데없이 쳐들어와 현 교주를 실성케 한 일보다도, 내 힘으로 말미암아 십양(十陽)의 성취를 이룬 일이나, 소교주로 가장 유력했던 후보였던 호교군장을 바로 내가 북천축해서 제거했던 일을 더 높게 평가하고 있는 것이다. 뿐만 아니라 녀석은 내게서 인외(人外)의 경지를 훔쳐볼 수도 있었다.

녀석은 오로지 단 하나의 생각만 지우면 됐다. 내가 오랜 기간 숙적이었던, 혈마교의 교주라는 사실만을 말이다.

"본좌의 대에 이르러 본교가 동방을 일통하였듯, 네 녀석 역시 서방을 도모할 수 있을지도 모르지. 그 원대한 꿈을 네 녀석 손으로 이뤄보고 싶지 않느냐? 역대 정마교주 누구도 해보지 못했던 대업을……."

"너무도 까마득한 일입니다."

"속단치 마라. 인과율이 네 녀석에게도 닿아있을 수도

있으니."

"인과율이라 하심은?"

"동방에서는 태극(太極)으로 비롯된 진리이며, 서방에서는 그네들 신의 의지라 불리는 것이다."

그러면서 나는 실성한 전대교주로 시선을 옮겼다. 마휘련의 시선도 자연스럽게 따라오는지, 옆에서 흘러나오는 참담한 기분이 다 느껴졌다.

"이 또한 모두 일어나야만 했던 일일지도 모르지."

마휘련은 아무 말 없었다. 나는 일부러 기분을 바꾸며 말했다.

"본교가 너희 정마교의 위에 서고자 함이 아니다. 내 너희들을 지배하기보다는, 혈맹(血盟)으로 삼고 싶은 것이지."

쉽게 믿을 수 없다는 걸 안다.

그래서 나는 흠잡을 데 없이 진실된 표정을 지었다. 억지로 미소 짓지도, 과장되게 근엄히 굴지도 않았다.

녀석의 시선이 다시 내게로 돌아왔으나, 향한 그대로 조금 더 뒤쪽으로 멀어져갔다. 온갖 생각에 잠긴 녀석은 그리 오래되지 않아 무력한 얼굴을 보였다.

"제가 무엇을 하면 되겠습니까?"

녀석은 툭 하고 건들면 곧바로 쓰러질 것 같은 기색이

었다.

"틀렸다. 너는 내게서 어떤 명령도 듣지 못할 것이다. 애초에 너희들에게 개입하고자 함이 아니니."

하면 어째서?

녀석의 눈빛이 그런 마음을 담아 심하게 흔들렸다.

"너희는 너희대로, 본교는 본교대로. 서방과 동방에 만족해 영위하자는 것이다."

녀석은 부쩍 더 조용해졌다.

"지금으로선 무엇도 섣불리 믿기 힘들겠지. 허나 차차 알게 될 것이다. 내 너희들의 고원에 욕심이 없다는 것을 말이다."

마휘련은 결국 교좌에 오르게 될 것이다. 지금 녀석의 경지는 직전의 성취로 말미암아, 정마교의 거마들을 충분히 제압할 정도는 되었다.

"다만 혈마의 위패만큼은 잘 보관하고 있거라. 내 언제 다시 찾으러 올지 모르니."

꺼림칙할뿐더러, 어떤 작용이 일어날지 모르는 저주받은 물건을 내 곁에 두고 싶은 마음이 조금도 없었다. 내 일신의 문제 때문만이 아니라, 이 내게 지금 문제가 생기면 그것은 곧 본교의 문제로 연결될 수밖에 없다.

내가 마지막 말을 남기자, 마휘련의 갑자기 놀란 소리

가 토해져 나왔다.

"기, 기다려 주십시오!"

"무엇이냐."

"진심이십니까?"

하지만 나는 짜증 나지 않았다. 그렇게 묻는 녀석의 어투 안에서, 교좌에 오르고자 하는 열망이 제대로 느껴졌기 때문이었다.

녀석이라면 내가 바라는 대로 교좌에 온전히 오를 것이다.

"본좌가 본교의 교주로 있는 이상, 너희들의 땅을 밟는 동방인들은 장사꾼들밖에 없을 것이니라."

과연 마휘련은 멍청하지 않았다. 내가 그네들을 존속시키는 이유를 대번에 알아차리고는, 그래서 더 이해가 가지 않는다는 식으로 이렇게 반문했다.

"교주께서 서방을 도모하시면 되는 일 아니십니까? 능히 하실 수 있지 않으십니까?"

마휘련은 내가 이미 이슬람 제국의 백성들에게, 절대 지울 수 없는 큰 죄를 저질렀음을 알 턱이 없었다.

나는 씁쓸하게 웃으며 말했다.

"많은 무리들이 너희들의 땅을 욕심낼 터이니, 만반의 준비를 서둘러 갖춰야 할 것이다. 헌데 네 녀석이라면 서역의 모래바람을 잘 견뎌낼 수 있을 것 같구나. 바로 그것이 본좌가 조용히 돌아가는 이유다."

*　　　*　　　*

선대(先代)로의 시간여행에서 본교로 복귀했을 때는, 그렇게 시간이 지나가 있지 않았다.

설아는 여전히 감기든 영아를 돌보고 있었으며 해도 저물지 않았다.

설아와 영아가 자아내고 있는, 더없이 깨끗하고 아름다우며 밝은 세상을 조용히 바라보았다.

그 세상이 내게 묻길, 이대로 영원할 방법을 알지 않느냐 한다.

안다.

혈마의 혼백은 망령으로 치부하면 될 일이고, 쪼개진 흑천마검과 백운신검은 다시 되살릴 방법을 찾지 않으면 될 일이며, 성 마루스와 가족들의 세상은 영원히 멈춰 있을 거라 여기면 되는 것이다. 그러면 나도 저 밝은 세상 안에서 함께할 수 있다.

역대 교주들 전부를 생각해 볼 것도 없이, 전대교주 검마만 한정해 놓고 봐도 그렇다.

또 다른 자신을 불러온 이유가 명맥을 이어나가야 한
다는 목적보다는, 이 지긋지긋한 인과의 고리에서 벗어날
수 있는 유일한 길이기 때문이 아니었을까.

드디어 나를 발견한 설아가 눈웃음을 지었다. 내가 입
술을 떼려 하자, 설아가 고개를 저으며 제 입술에 집게손
가락을 가져다 댄다.

사랑스러운 쉿, 소리가 거기에서 나왔다.

영아가 잠들었다는 것이다.

설아 옆에 나란히 앉았다. 우리는 장강을 유람했던 때
로 돌아갔다. 설아는 내 어깨에 얼굴을 기대고, 나는 그런
설아의 어깨를 감싼 채 말없이 영아를 바라본다.

그런 바람을 해봤다.

수호신이 있어, 나를 가여워한 나머지 명왕단천공과 두
반신 그리고 중원 외의 다른 세상 전부를 내 머릿속에서
지워버리는 것을……

그렇게 쓸데없는 망상에 머물러 있는 동안, 설아마저
잠들었다.

두 여자가 쌕쌕거리는 숨소리가 내게 마법을 부리기 시
작했다. 잠을 자지 않아도 되는 몸으로도 잠을 자고 싶어
졌다.

정확히는 나도 이 밝은 세상 안에 함께 있고 싶어졌다.

잠결에 내 몸을 포근히 덮는 뭔가가 느껴졌다. 하지만 일어나지 말고 계속 자라는 천사의 착한 속삭임이 있었다. 그렇게 정말로 잠이 들었던 것 같았다.

목 언저리까지 닿아 있는 얇은 이불을 치우며 상체를 일으키자, 영아를 안은 채 나를 바라보고 있는 설아가 보였다.

"많이 곤하셨나 봅니다."

설아는 잠결에 들었던 천사의 속삭임과 똑같은 목소리로 말했다.

"얼마나 잠들었느냐."

나도 속삭이듯 말했다. 겨우 잠든 영아가 깨면 안 되니까.

"그리 지나지 않았어요."

창 바깥이 어두웠다.

드디어 밤이 된 것이다.

나로서는 며칠 만에 찾아온 어둠이 몹시 반가웠다. 제대로 된 안식을 취하고 났기 때문에 그리 즐거운 기분이 드는지도 모르겠다.

"영아는 그만 다른 이에게 맡기고, 너도 들어가서 편히 자야 하지 않겠느냐."

"그래야지요. 그런데 소교 하나가 들어온 게 무슨 대수인지, 교주님께 전해야 한다는 전갈이 있었습니다."

"하면 그 소교의 이름이 사휘겠구나?"

"맞아요."

설아가 즐거운 호기심을 보이는 것과는 달리, 내 마음은 편치 않아졌다. 사휘는 내 제자가 될 수 있을지언정, 차대 교주가 될 수 없는 몸이었다.

"어디에 있다더냐?"

사휘의 상태가 걱정돼서 물었다.

어린 나이로 또다시 홀로 사막을 건넌 것을 생각해 보면, 비록 여기에 도달하는 데 성공했을지라도 그 몸이 온전치 않을 것이다.

그랬던 생각이 맞았다. 사휘는 전(前) 무고강마당, 현(現) 내의방에 있었다.

그사이에 부쩍 커버린 소년이 사경을 헤매고 있었다. 의술 익힌 교도들이 그사이에 돌보아, 깨끗한 의복으로 갈아입혀진 상태였으나 얼굴이 거무죽죽할뿐더러 온갖 상처들이 가득했다. 하물며 의복 아래 감춰진 온몸이야 더 말할 나위 없이 지독할 것이다.

나는 사휘의 상태에 보고하려는 교도를 저지하고서, 모두를 바깥으로 내보냈다.

사휘는 게슴츠레한 눈으로도 정확히 나를 쳐다보고 있었다. 숙이는 고갯짓 대신 눈을 깜박거리고, 짓뭉개진 입술로는 교언의 첫 글자를 읊으려 한다.

재생의 힘을 담은 하얀 빛 무리가 소년에서 청년이 되려는 어린 녀석의 몸으로 스며드는 속도가 더 빨랐다.

사휘는 갑자기 나오는 제 목소리에 순간 놀라서 말을 멈췄다. 그리고는 빠르게 진정해서 침대에서 튀어나왔다.

"지유본교, 천유본교, 천세만세, 마유혈교. 하교 사휘가 전지전능하시며 위대하신 혈마를 뵈옵니다."

사휘는 갑자기 나아버린 게, 아무리 내 공능에 의한 것이라는 생각이 들어도 신기한 모양이었다. 꿈뻑꿈뻑거리는 두 눈의 움직임이 낫기 전보다 더 빨라졌다.

"들어온 걸 확인하니 되었다. 밤이 깊고 너도 고단할 터이니, 내일 일어나거든 지존천실로 오르거라."

나는 그 말만 남기고 돌아섰다.

초승달이 기운 밤하늘의 광경이 내 발을 붙잡는다. 바로 오늘 사휘가 들어온 것 또한 우연이 아닐 거라는 생각이 들었다.

한편으론 정마교의 5대 교주가 절명한 것이 사실은 자살한 것이 아닐까 생각됐다. 이 지독한 운명을 그의 대에서 끝나야 한다는 생각으로 말이다.

정말 그랬다면 5대 교주는 어진 사람이다. 비록 백운이 동방으로 흘러들어 갔다 하여도, 적어도 어떤 세계에 있을 또 다른 많은 나들은 이 지독한 운명에서 벗어날 수 있었으니까.

"본교에서도 인과의 고리를 끊어내야 한다……."

나는 스스로에게 주문을 걸듯이 중얼거리며 발걸음을 옮겼다.

*   *   *

늦은 밤까지 흑웅혈마의 집무실에 불이 밝혀져 있었다.

"아직까지 안 자고 무얼 하느냐?"

나는 미소 지으며 모습을 드러냈다. 흑웅혈마의 서탁에 가득한 보고서들을 얼핏 훑어보니, 민란의 징조들이 여기저기 보였다.

흑웅혈마가 내 시선을 따라가며 미간을 접혔다. 그가 말하길 사파인들로 하여금 제압하게 할 것이니 큰 문제로 번지지 않을 것이라 하였지만, 내가 여기에 온 이유는 그 때문이 아니었다.

"오늘만큼은 색목도왕도 침소에 들지 않았으면 좋겠군."

내가 말했고, 방을 나갔던 흑웅혈마가 색목도왕을 데리고 들어왔다.

둘은 내가 큰 문젯거리 하나를 가지고 왔음을 직감했다. 등잔 빛에 드리워진 그림자가 얼굴 위에서 더 무거워졌다.

"흑웅혈마. 내 그동안 겪어 왔던 일을 색목도왕도 아느냐? 하하. 뭐라 하려는 것이 아니라, 색목도왕도 능히 알아야 할일이기에 말하는 것이다."

아니라면 그 이야기부터 시작해야겠지만, 둘의 눈치를 보아하니 구태여 긴 이야기를 반복할 필요는 없어 보였다.

"정마교에 다녀오는 길이다."

나는 바로 본론으로 들어갔다. 역시 둘은 강렬한 호기심을 보였다.

"거기에서 본교와 정마교의 탄생 비화를 알게 되었지. 참으로 오랫동안 감춰져 온 이야기란 말이지. 생각해 보니 너희들도 알고 있어야 할 이야기들이 가득하더군. 들려주마."

나는 정마교에서 있었던 일들을 하나하나 풀어나갔다. 물론 둘이 '또 다른 나'라는 존재에 대해서 진정 이해했는지는 모르겠지만, 이해했다 가정하고 끝까지 이야기를 진행시켰다.

결국 둘의 얼굴이 혼란으로 짓뭉개졌다.

받아들이기 힘들 것이다.

존마교의 정통이 본교가 아니라 정마교 쪽에 더 기울어 있었음을 떠나, 위대한 혈마가 그렇게 엽기적이며 악한 마음으로 명왕단천공을 남겼으리라곤 그 누구도 생각하지 못했을 테니까.

"명왕단천공이 극성에 이르른다면……."

색목도왕이 혼잣말처럼 말을 흘렸고, 그걸 흑웅혈마가 완성시켰다.

"혈마의 백(魄)이 깨어나시는 것이다."

"하지만 그것은 온전한 모습이 아닌지라 귀(鬼)와 다름 없다 하시었습니다."

둘의 눈길이 동시에 내게로 향했다.

"그리들 볼 것 없다. 지금 나는 더할 나위 없이, 평소와 다름없으니까."

그렇게 말하는데 둘에게 정말로 고마운 마음이 들었다. 전대교주의 호법으로 오랜 세월 본교에 투신해 온 그 둘이 나를 걱정하고 있었다. 나를 바라보는 우려의 시선에서 그 마음이 전부 다 느껴지고 있는 중이었다.

"이 이야기를 그대들에게 들려주는 이유는."

둘의 중심이 내 쪽으로 쏠렸다.

"혹 내가 어느 날 갑자기 사라져 돌아오지 않거든, 나를 대신해 후대의 교육을 부탁하기 위함이었다."

"교주님!"

둘이 동시에 소리쳤다.

"그대들만큼은 알고 있지 않느냐. 내게 책임이 있는 세상이 여기만이 아니고, 또 그곳들에 어떤 위험들이 산재해 있는지 말이다."

"아니 되십니다."

흑웅혈마가 반대부터 하고 나섰다. 색목도왕 또한 내가 선물하였던 보도(寶刀)를 도집 채 움켜쥐면서, 당장 따라나갈 모습을 보였다.

"그대들은 이해하기 어려운 일이겠지. 내 영원히 그대들과 함께 대업을 이어 나가려면, 언젠가는 종지부를 찍어야만 하는 일들이 남아 있음이다. 하지만 그리들 역정낼 것 없다. 지금은 다른 세상에 가려 해도 방법이 없으니."

그제야 순간 끓어올랐던 분위기가 조금이나마 가라앉았다.

"색목도왕. 사휘라는 소교를 기억하느냐? 흑웅혈마는 당연히 알 것이고."

"예. 그 독한 녀석을 어찌 잊을 수 있겠습니까. 인상이 깊은 녀석입니다."

나는 가만히 고개를 끄덕이다 입술을 뗐다.

"그대들이 반대하지 않는다면, 나는 사휘를 시작으로 제자들을 받아들일 것이다. 다만 그 경우엔 명왕단천공이 더는 이어지지 않겠지."

계속 말했다.

"그대들이 소교주였던 나를 보필하였던 것이 3년 전이 겠지만, 내게는 백여 년의 전 날이나 다름없다. 해도 어제 일처럼 그날들이 생생하니, 그대들의 공로를 왜 모르겠느냐. 그대들이 없었으면 본교가 이토록 광명을 떨칠 수 있었을까. 또한 내 대에서 혈마의 맥(脈)을 끊고자 함인데, 이를 나 혼자만이 결정할 일이더냐. 그대들이 어떤 결정을 내리든 나는 진심을 다해 그 결정을 존중할 것이다."

흑웅혈마와 색목도왕은 소리 없이 고개를 숙이고는, 한 참 동안 그대로 있었다.

"암. 심사숙고할 시간이 필요하겠지. 당연한 일이다."

내가 그렇게 말할 때였다.

"위대하신 혈마의 뜻대로 하소서."

"위대하신 혈마의 뜻대로 하소서."

한 번에 튀어나온 두 말과 함께, 굳건한 두 눈빛이 나를 향해 쏟아져 왔다.

*　　　*　　　*

이튿날 사휘는 혈산의 끄트머리까지 올라왔다. 지나쳐 왔을 험준한 형세와는 달리, 아름다리 펼쳐진 화원과 장엄한 대전의 모습에 감동을 받았던 모양이다. 올라선 자리에서 한참이나 움직이질 못하고 있는 녀석에게 내가 먼저 다가갔다.

교언을 외치며 넙죽 엎드리는 녀석이었으나, 순간 일어난 뜻밖의 기운이 있었다. 녀석이 흠칫 놀라 나를 쳐다보았다.

"교례는 되었다. 하늘을 바라보고 무엇이 보이는지 말해 보거라."

사휘는 영특한 녀석이라 시키는 대로 턱부터 들었다.

"해와 구름이 보이옵니다."

"저 구름 너머에 무엇이 있을 것 같으냐?"

보통이라면 천계(天界)를 말할 테지만.

"혈마의 품이옵니다."

"본좌의 제자가 될 것이라면, 진실을 알고 있어야겠지."

사휘가 품어왔을 희망이 내 입에서 언급되는 순간, 녀

석의 신형이 앞으로 확 꺾였다. 혈마의 홍복이 무한하다느니, 기대에 어긋나지 않겠다느니 하는 부질없는 소리를 폭음(爆音) 같이 터트렸다.

오죽하였으면 호기심을 가지고 녀석을 바라보고 있던 두 여자 쪽에서 놀란 울음소리가 나왔겠는가. 설아가 놀란 영아를 달래며 대전 안으로 들어갔다. 하지만 지금 녀석이 거기까지 볼 수는 없었던지라, 나는 쉿 소리를 짧게 냈다.

"본좌가 혈마이니라. 이 내가 여기에 있는데, 구름 위가 혈마의 품이라 하는 것이냐."

아차 싶은 녀석의 얼굴이 즉각 경직됐다.

"본좌의 제자가 되는 것은 고난(苦難)한 일이지, 기뻐할 일이 아니다. 이는 내 따로 가르쳐 주지 않아도 네 녀석 스스로 차차 깨닫게 될 것이다. 하고 싶은 말이 한가득인 것 같군. 해 보거라."

"……어떤 고난이든 달게 받겠사옵니다."

조용한 목소리지만, 녀석의 열화와 같은 의욕이 벌써 두 눈 안에서 활활 타오르고 있었다.

혈마의 제자가 된다라…….

나는 녀석의 입장에서 생각해 봤다가, 쓴웃음을 지었다.

"본좌의 제자로서 선택받은 무공을 익히는 것도 중요한

법이지만, 말했던바 오늘은 진실을 보여 주마. 저 너머에 무엇이 있는지."

이렇게나 오자마자, 전수가 시작되리라고는 생각하지 못했을 것이다. 정신이 제대로 들 리가 없어, 내가 제 앞에 손을 뻗고 있다는 것을 알아차리지 못했다. 내가 턱짓하고 나서야 녀석의 시선이 비로소 제 앞에 펼쳐진 내 손바닥으로 향했다.

"잡거라."

감히 하교가 어찌 전지전능하시며 위대한 혈마의 존귀한 몸에 손을 댈 수 있겠습니까.

그런 소리가 나올 가능성이 충분해서, 나는 명령하는 목소리에 힘을 실었다. 녀석이 침을 꿀꺽 삼키며 내 손에 손을 올렸다. 바로 그때 녀석을 몸 안쪽으로 가까이 끌어당기며 하늘로 치솟아 올랐다.

쉐아아아악!

칼날같이 빠른 바람결이 수직으로 떨어져 내린다.

사막을 두 번 가로 지르며, 온갖 험난한 일을 다 겪을 녀석이지만 이 순간만큼은 놀란 소리를 참을 수가 없었을 것이다.

녀석이 저도 모르게 악, 소리를 냈다가 황급히 입을 다물었다.

구태여 구름을 꿰뚫고 올라갔다. 혈산을 중심으로 열 개의 도시가 광활히 펼쳐진 광경이 한눈에 들어오는 그곳에서, 녀석은 지존천실로 올랐던 직전만큼이나 감격에 찬 듯한 얼굴을 보였다.

조금 더 고도를 높여, 녀석의 발밑에 운해(雲海)를 깔았다.

"둘러보아도 괜찮다."

나는 녀석의 눈빛과 몸짓을 읽으며 말했다.

허락이 떨어지고 나서야, 비로소 녀석이 두 콧구멍으로 훅훅거리는 숨을 빠르게 내뱉으며 사방을 둘러보기 시작했다.

물론 아래로 떨어지고 말까, 내게 부쩍 달라붙으면서 말이다.

"아직도 구름 위가 혈마의 품인 것 같으냐? 지금부터 보는 것을 항상 잊지 말거라. 이제 네 앞에 펼쳐질 광경들이야말로……."

말이 끝나는 그 시점에서 나는 멈춰있던 속도에 박차를 가했다.

그러는 동시에 녀석의 몸에 호신(護身)의 기운을 걸쳐두었다. 그게 빠르게 떨어지는 기온을 막아 줄 테지만, 녀석의 경악한 표정은 마치 조각으로 새겨 넣은 듯이 점점 더 생생해졌다. 순간에 일어난 뜨거운 기운에 얼어붙으려던 의복도 녹아버리고는, 일어나는 속도 그대로 세차게 펄럭여대기 시작했다.

그렇게 고도를 높이는 와중 몇 가지 작업을 더 했다. 녀석의 전신에 기막(氣膜)을 몇 층으로 둘러 공기가 빠져나가지 못하게는 동시에, 압력의 충돌로부터 녀석을 안전케 했다.

그리고 드디어 그 순간이 왔다. 성층권을 꿰뚫어 중간권으로 나왔던 아래가 까마득하기 무섭게, 열권까지 벗어나는 순간이었다.

한 번에 확 밀려오듯 했던 감각이 찰나에 사라지며, 동시에 중력이라 할 만한 것도 느껴지지 않았다. 그때 사휘 녀석은 넋이 나가 있었다.

칠흑 같은 어둠만 가득 찬 공간을 계속 나아가다가 딱 멈췄다. 저 먼 곳의 오팔같이 영롱한 푸른 별이 더 특별하게 보이는 곳에서였다.

손가락을 움직였다.

사휘의 몽롱한 시선이 내 손가락이 가리키는 방향에 따라 움직이는 것까지 확인하고서, 푸른 별 외의 어둠에 자리한 무한한 공간들을 이곳저곳 특정했다.

불규칙적으로 움직이던 내 손끝이, 다시 푸른 별로 돌

아갔다.

"우리가 살아가고 있는 저곳은 한낱 먼지에 지나지 않음이다. 하물며 우리나, 우리네 인생은 어떻겠느냐."

사휘는 꿈속을 헤매고 있는 듯한 표정이었다.

"이것이야말로, 내 가르침의 시작이자 종착점이니라."

제7장

일체유심조
(一切唯心造)

　본교의 1대째 교주는 흑천마검에게 시달렸을 와중에도, 열열사막 안에 사람이 살만한 토대를 이루었다. 그때 이룬 대절진이 3대째에 이르러 효험을 발휘하기 시작했고, 7대째에 이르러 지금의 십시(十市)가 만들어졌다. 사실상 본교는 정마교에 필적한 세력으로 거듭나기까지, 많은 인고의 세월을 거쳐야 했던 것이다.

　대 자연의 기운을 모으고 모아, 자연환경을 역행(逆行)하는 힘으로 쓴다는 계획은 분명 너무도 허황된 것이었다.

　하지만 푸른 잎이 우거진 저 나무들을 보라.

　군락 이룬 커다란 숲을 보라.

겨울 닥친 사막에서도, 우리는 여전히 살아가고 있었다.

내가 사휘의 교육에 열을 쏟는 이유도 그와 같았다.

사휘는 강인한 녀석이다.

한마디로 그렇게 표현할 수 있다.

안도 강하고 바깥도 강하다. 지금의 능력에 비해 불가능한 일일지라도, 기어코 이루고 마는 기적 같은 정신력을 지녔다.

돌이켜 보면 녀석이야말로, 인과율의 관심을 받고 있다고 생각이 들 정도다.

녀석이 본교에 입교할 당시, 녀석은 열 살이었다. 그 어린 몸으로 사막을 가로질러 왔다. 물론 혼자의 몸으로는 아니었다.

낙타로 여행을 하는 대상(大商)들의 틈에 끼어서 온갖 궂은일을 마다하지 않으며 왔을 것이나, 대상들이 그런 부랑아를 다루는 방식은 노예보다 못한 법이다. 차라리 노예는 그들 상인들의 재산이기라도 했다.

당연히 가장 기본적인 의복과 식사가 제대로 갖춰졌을 리 없었다. 설사 생존품이 완벽히 갖춰져 있다 해도, 열 살의 어린 몸은 사막의 지독한 변덕을 이겨낼 수도 없었다.

그런데 열 살의 사휘는 혹한과 혹열뿐만 아니라 상인들의 멸시와 학대 또한 견뎠다.

물론 그런 식으로 본교에 입교한 소교가 사휘만은 아니었다.

하지만 사휘는 악이 받칠 대로 받친 작은 악마들 틈에서도 줄곧 대장의 지위를 잃지 않았으며, 그 과정과 행적들이 흑웅혈마의 눈에 띄어 관심을 가질 정도로 유별났던 것 같다.

전장에서도 활약이 남달랐다고 한다. 나는 지금도 다윗과 골리앗의 싸움 같았던, 사휘와 거한 장수와의 대결을 생생해 떠올릴 수 있다.

이복언…….

그녀를 찾아냈을 때에도 사휘는 전장에서의 얼굴을 하고 있었다. 그리고 혼자의 몸으로 다시 사막을 가로지르던 때에도, 줄곧 그러한 얼굴을 하고 있었을 거란 생각이 들었다.

그것은 사휘의 장점이면서도, 커다란 단점일 수 있었다.

사휘가 식음을 전폐하다시피하면서 무공수련에 열중하고 있다는 소식을 듣고 내려간 그곳에서, 역시 사휘는 똑같은 얼굴을 하고 있었다.

악을 쓰고 있다.

우주를 보고만 충격이 내 의도와는 다르게 다른 식으로 발현되고 있는 것은 아닌지 걱정이 들었으나, 결국에는 녀석의 천성이 그런 것 같았다. 아니, 녀석은 그렇게 만들어져 왔다.

사휘는 내가 본인을 지켜보고 있다는 것을 알아차리지 못하고는, 사지를 열심히 놀렸다. 힘이 실려 내는 바람 소리가 명쾌하지만 사휘는 그것만으로는 만족하지 못하고 있었다.

내 몸에서 뻗친 한줄기 기운이 사휘의 몸에 날아가 부딪쳤다.

사휘는 비록 미약하게나마 생성된 십이양공의 열기(熱氣)가 비로소 자연스러운 흐름을 갖추게 되자, 더 몰입하기 시작했다. 제 뜻대로 원활히 움직이니 더욱 할 마음이 드는 것이겠지.

사휘는 제 기운이 다시 불안정해지게 돌아서고 나서야, 내가 온 걸 알아차렸다.

직전의 느낌을 잊지 말거라, 따위는 말할 필요가 없어 보였다. 녀석의 살짝 찌푸려진 눈썹이 그 느낌을 상기시키려고 노력하고 있는 중이라는 걸 말해 주고 있었다.

"하교 사휘가 위대하신 혈마를 뵈옵니다."

나를 대하는 데, 그 이상이 없을 경외가 실렸다.

광활한 우주 안에서 우리가 얼마나 먼지와 같은 존재인지 느끼라 했더니, 녀석은 그 세계를 보여준 나를 진짜 신으로 여겨지고 있는지도 몰랐다.

하기야 이 나도 깨달은 바대로 행하지 못하는 것을, 녀석이라고 단번에 달라질 거라고는 생각지 않는다. 그러니 꾸준한 학습이 필요한 것이다.

마침 녀석에게는 그걸 가르쳐 줄 선생이 있었다.

녀석의 악바리 같은 얼굴을 마주하고 나니, 오늘 녀석에게 가르쳐 줘야할 게 생각났다.

"무엇을 할 때 가장 즐거운 마음이 드느냐?"

내가 물었다.

사휘의 답변은 즉각 튀어나왔다. 또한 구슬땀들이 사휘의 얼굴뿐만 아니라, 드러난 모든 피부에서 사정없이 떨어졌다.

"지금이옵니다."

무공 수련이라는 것인데, 정말로 그렇다면 지금 이대로도 나쁠 게 없었다.

오히려 장려할 일이다. 혈천하의 이상이 실현되는 날까지, 차대 교주들은 제일의 무공을 이뤄 내야 하기 때문이다.

흑천마검이나 백운신검 같은 인외(人外) 조건들을 반드시 정리하고 말 것이기 때문에 무공의 척도가 더욱 중요해졌다.

이 세상의 특성이 그렇다. 일신의 무공만으로도 군대를 상대할 수 있을 지경이며, 정마교 쪽만 하여도 명왕단천공 없이 뛰어난 성취를 이루고 있지 않았던가.

무엇보다 칼로 일어선 나라, 교주의 무공에 권위가 달렸다.

하지만 무공은 교주된 자로서 반드시 지녀야 할 소양에 지나지 않는다.

기본 중의 기본일 뿐이지.

"무공을 수련하는 게 정녕 즐겁더냐?"

다시 물었다.

사휘는 흔들림 없이 그렇다고 대답했다. 그것은 다져지고만 성격으로부터 비롯된 것이지, 사실이기 때문이 아니다.

나는 녀석이 직전까지 보였던 얼굴에서 미소를 단 한 번도 발견한 적이 없었다.

녀석을 타박하기 이전에, 질문을 바꿨다.

"하면 무공 수련하는 것 다음으로 무엇이 즐겁느냐?"

이번만큼은 녀석도 쉽게 대답하지 못했다.

"무엇이든 괜찮다. 생각나는 대로 말해 보거라."

"……맛있는 걸 먹을 때 즐겁습니다."

녀석의 목소리가 부쩍 작아졌다.

"그런 녀석이 먹는 것을 마다하고 수련만 하고 있는 것이냐?"

영양을 우려하는 것이 아니다. 이는 우리가 어쩔 수 없는 인간이고, 그 심리가 의외로 단순한 면이 있음을 인정하는 데서 시작한다.

고왕금래(古往今來) 전 인류 역사뿐만 아니라 어떤 가상의 세계관들까지 끼워 넣는다고 해도, 지금 내게 실린 권력의 정도는 비교 대상을 찾을 수 없을 만큼 막강하다. 명령하는 바가 바로 실현된다.

그러는 형국이니, 이 한 사람이 생각하는 방향에 따라 온갖 사람들의 운명이 좌지우지될 수밖에 없는 것이다.

신의 권위에 달한 강력한 권력.

그것과 인과율의 차이점이 무엇이란 말인가. 단지 실현 주체가 보이느냐, 보이지 않느냐의 차이밖에 없음이다.

특별한 사단이 일어나지 않는 한, 이 권력은 후대로 이양될 것이다. 물론 세대가 넘어가면서 점점 힘을 잃고 말겠지만, 내 바로 후대만큼은 무소불위의 권력을 유지할 수 있다는 것이다.

모든 게 후대로 넘어간다.

그리고 내가 했던 똑같은 실수와 죄악들을 반복할 것이다.

그러한 일만큼은 일어나지 않아야 한다!

내가 온갖 실수와 죄악을 범하고 만 이유는 달리 있지 않았다.

흑천마검 때문이라고 변명하기에는 여러 세상들이 겪어야 했던, 피해와 희생은 용납할 수 없는 지경에 이르렀지 않은가.

단언컨대, 나는 주어진 시점에서 항상 최선을 다했다고 자부해 왔다. 하지만 돌이켜 보면 최선이라 생각했던 결과들은 차악(次惡)에 불과했다. 그런 것을 어찌 최선이라 부를까.

판단이 흐렸기 때문이고, 더 나아가 내 마음은 언제고 유약해진 상태였었다.

나는 항상 쫓겨 왔다.

그럴수록 더 더 잘하려고 했다. 극복하려 했다. 이겨내려 했다.

하지만 작금에 이르게 된 이유는, 내가 아주 기본적인 우리네 마음을 헤아리지 못했기 때문이었다.

고난할수록, 즐거움을 찾도록 노력해야만 했다. 그것도 이룰 수 없다면 안식할 방법을 찾아야만 했다.

쫓기는 마음은 아집으로 변하기 마련.

어쩌면 이복언이 자결한 이유 또한 이 안의 아집을 발견했기 때문이 아닐까 한다. 그것만큼은 아무리 그녀라 하여도 어쩔 수 없는 것일 테니까.

"맛있는 걸 먹는 게 즐겁다면, 내 지존천실의 숙수들로 하여금 항상 그것들을 내오게 하겠노라. 끼니때가 되면 빠짐없이 들리도록."

사휘는 걱정이 들 만큼 속내를 쉽게 내비치는 녀석이 아니지만, 이 순간만큼은 녀석도 붉게 달아오르는 얼굴을 어쩔 수 없었다.

뭔가 단단히 오해한 것 같았다.

무공의 성취야, 내 지도하에 꾸준히 오르고 말 것이다. 그러니 녀석에게 필요한 건 자신의 즐거움이나 안식이 어디에서 오는지 아는 것이라 할 수 있다.

나는…….

그걸 몰랐다.

＊　　＊　　＊

세수가 제대로 확보되지 않는 현 시국으로서는, 교국 재정의 많은 부분을 황금장에게 기대고 있는 게 사실이었다.

물론 우리는 황금장에 그만한 권한을 주기도 했다. 장강의 물길뿐만 아니라 서역으로 가는 상길에 거국적인 차원의 지원을 하면서, 황금장을 명실상부 황금알을 낳는 거위로 만들기로 했다.

물론 황금장주 백환명은 우리의 기대에 어긋나지 않았다.

하지만 그조차 지금까지처럼은 부족하다 생각했는지, 아니면 광명성의 압박이 있었는지 사상 초유의 대규모 행장을 꾸렸다.

끌어 모을 수 있는 전부를 끌어 모았다. 오죽하였으면 황금장에서 낙타를 전부 사들이는 바람에, 중소 상단들의 원성이 내 귀에까지 들릴 정도였다.

현(現) 혈산원.

전(前) 혈산과 십시의 주민들은 모였다 하면 그 이야기만 하는 것 같았다. 일종의 유행과 같았다.

물론 황금장이 본교의 소유인 이상 이는 국가적인 사업이기도 했다.

오래전부터 광명성에 끊임없이 보내온 전서들에서도 역

시, 이번 황금장의 대장정에 대한 찬사와 기대감이 절실히 드러나 있는 바다. 이 사업으로 말미암아, 지금까지는 누구도 감히 입에 담지 못했던 교국의 암담한 재정이 타개될 거란 희망이 가득했다.

그러니 설아가 흥분하는 것도 당연한 일이었다.

"그래그래. 구경 가자꾸나."

나는 그렇게 웃어버렸다.

이번 대장정에 대해 소문이 하도 크게 돌았던지라, 십시 주민들에게 절진 바깥으로의 구경을 허락해 두기도 했었다.

바깥에 몰린 십시의 주민들 사이는 흥분의 도가니였다.

그럴 수밖에 없게도, 황금장의 행장은 서역으로 떠나는 상길이라기보다는 마치 먼 전장으로 떠나는 행군을 방불케 했기 때문이다.

장성(長城)을 연상케 하는 낙타들의 행렬이 피라미드 모양의 모래 언덕들 너머 너머로 끝이 없었다.

낙타의 수는 어림잡아도 삼천 마리를 훌쩍 넘어갔다. 낙타 한 마리당 한 명의 낙타잡이와 두 명의 검객이 붙어 있었을뿐더러, 그 많은 낙타만으로도 부족하여 수십 명씩 이루어진 짐꾼들의 무리들도 끊임없이 뒤따르고 있었다.

아마도 교주까지 나와 있다는 사실이 사전에 전해졌을

것이다.

십시 외곽을 크게 돌아서 지나쳐야 했던 대규모 행렬이 문득 멈췄다. 그리고 낙타를 모는 한 무리가 빠져나와, 빠르게 내 쪽으로 다가왔다

황금장주 백환명과 그의 장남, 병약한 일공자였다.

낙타에는 대반(大盤), 대완(碗), 팔각매병(八角梅瓶), 호로병(葫蘆瓶) 등의 청화 자기 육천 점, 당대 명가들의 서화 이천 점, 녹차, 용정차, 홍차, 오룡차, 백차 등 차 이만 근 등이 실려 있지만.

가장 주력이 된 상품은 같은 무게의 금을 받는다는 비단일 수밖에 없다. 그래서 예로부터 이 길을 비단길이라고 하지 않는가.

황금장주 백환명은 아주 작정하였다.

"백만 필이옵니다."

그 목표치를 달성하기 위해서라면, 남경, 소주, 항주 일대에서 생산된 것뿐만 아니라 포목점들에 남아있는 것들까지도 싸그리 긁어 와야 했을 것이다.

희귀한 낙타는 그렇다 치더라도, 비단까지도 씨가 말랐을 테지.

하지만 내가 우려하는 바는 그 일로 변동할 물가 따위

가 아니었다. 나와 이슬람 제국의 관계 때문이지. 더불어 우적까지.

물론 백환명은 내가 낙점(落點)했기 때문에, 이런 대규모의 행장을 계획뿐만 아니라 실행으로 옮길 수 있었다.

백환명의 나이는 적지 않다. 뿐만 아니라 그는 보수적인 성향에 가까웠다. 그래서 장주인 그가 직접 상단을 이끌고 왔을 때, 나는 일이 뭔가 틀어졌다는 것을 느낄 수 있었다.

"보고할 것이 있을 게 아니냐. 그것부터 말해 보거라."

내 목소리가 차가워졌다.

그가 바친 천하제일의 차는 그다지 효과가 없었다. 평생을 상계에 투신해 왔을뿐더러, 늙은 너구리가 다 되어 있는 그조차도 입술을 어떻게 떼야 하는지 모르는 듯 보였다.

그러니 내가 먼저 운을 띄웠다.

"계획에 차질이 있었군. 그렇지?"

"……그렇사옵니다."

"무엇이냐?"

백환명은 은연히 떠는 모습을 보이면서 자리에서 일어났다. 그런 다음 고해성사를 하듯이 무릎부터 꿇었다. 당연히 내 눈살은 찌푸려졌다. 그의 입에서 불길한 말이 나올 것 같았다.

"경로가 바뀌었사옵니다. 메르브에서 파사국 파달을 경유하여 대진으로 들어가게 되었사옵니다."

짐작하고 있던 대로였다. 대장원에서 편히 누워서 숫자놀음을 하고 있어야 할 그가 목숨을 건 먼 상행길에 나선 것부터 잘못되었다.

본래 경로는 남방 순방이었다.

즉, 소륵국과 정마교의 교지를 지나쳐 살라딘 자하라의 키리쿰 사막에 위치한 메르브에서 천축으로 방향이 틀어진다.

처음부터 이 거대 행장의 목적지는 천축(天竺:인도)이었고, 부차적인 이득은 돌아오는 길에 거치는 사자국(獅子國:스리랑카)과 부남(扶南:캄보디아와 베트남 남부) 그리고 대리국에서 취하기로 되어 있었다.

그런데 바뀐 경로는 이슬람 제국 전체를 관통하게 된다.

어이가 없다. 처음부터 그런 경로였다면 이 거대 행장을 허락지 않았을 것이다.

내게서 어떤 말도 들려오지 않자, 백환명은 주름살이 가득한 이마를 바닥에 세 번 찧었다. 쿵쿵쿵 하는 소리가 지존천실 내에서 메아리처럼 울렸다.

나는 백환명이 이끌고 왔던 상행의 규모를 다시 떠올려
봤다.

　거국적인 차원의 사업이다. 황금장도 이 사업에 사활을
걸었다. 비록 사치품 일색이라고 하여도, 순간적인 매입
의 규모가 너무 큰 탓에 시장 경제가 불안해졌을 것이다.

　그렇다고 이제 와서 없던 일로 하기에는 황금장이 입어
야 할 피해가 막심해졌다. 이는 곧 국가적인 위기로 연결
될 수밖에 없다.

　"그게 무엇을 뜻하는지 아느냐?"

　내가 물었다.

　백환명은 내 앞에서만큼은 철면(鐵面)을 두르지 못했다.
그가 쩔쩔매다가 사실대로 고했다.

　"예정보다 세 배가 넘는 시간이 걸릴 것이옵니다. 또
그에 준하는 위험이 증가할 것이옵니다. 하오나 혈마시
여. 증가하는 것은 시간과 위험만이 아니옵니다. 계산하
였던 이문의 몇 갑절을 얻을 수 있을 것이옵니다. 소인의
죄는……. 많은 금을 가지고 돌아온 뒤에, 소인의 목을 내
놓겠사옵니다. 부디 통촉하여 주시옵소서."

　백환명은 본교의 수뇌부들이 서역을 크게 경계하고 있
다는 걸 알고 있었다. 그러니 이렇듯, 단독 결정으로 속행
시킨 것이고.

그가 처한 입장이 이해가 되지 않는 것은 아니다.

개국 당시에 황금장이 본교의 소유로 천명되었다고는 해도, 오랜 세월 황금장의 성세를 발전시켜 오고 현재도 완전히 경영하고 있는 이들이 그들, 황금장의 사람들이었다.

백환명 만큼은 본교의 천하통일을 껄끄러워 하고 있을지도 모르는 일이었다.

백환명이 계속되는 침묵 속을 견디지 못하고 설명을 붙였다.

"북천축의 내전이 다시 발발하였사옵니다. 모든 관문이 닫혔거니와 역병도 크게 돌고 있다 하옵니다."

아아. 아밀라 공주…….

속으로 탄식했다.

정적들을 모두 제거해 주고 할라도 전수해 주었지만, 그녀는 결국 실패하고 말았다. 그래도 우방국이라고 표명한 우리에게 손을 내밀어 볼 법했는데, 그러한 시도마저 없었던 것을 보면…….

아밀라 공주는 이미 살해당해 이 세상에 없을 확률이 높았다.

그때 백환명이 색목도왕이 보냈다는 전갈을 내게 조심히 건넸다.

북천축의 정권을 잡을 유력한 후보자의 친서도 함께 동봉되어 있었다. 본교와 북천축의 관계가 변함이 없었으면 하는 그 내용은, 사적인 감정으로 구겨버리기에는 여러 문제들이 내포되어 있었다.

그런데.

"광명성령(光明省令: 색목도왕의 현 관직)이 행장을 인가하였다?"

백환명은 그 대답이 내 화를 더 돋울까, 노심초사하며 대답했다.

"삼일 밤낮을 고심하였사옵니다."

나는 더 나올 말을 삼켜 넘겼다. 색목도왕이 힘든 결정을 했다.

서역으로의 대규모 행장에 어떤 위험들이 도사리고 있는지 모를 그가 아니었는데도, 그런 결정을 한 것을 보면 그 또한 상당한 압박을 받았던 모양이다. 내색 한 번 없더니.

하기야 색목도왕 혼자만의 결정이 아니다. 숫자를 다루는 교도들이나 하급 관리들 태반이 한목소리를 냈던 것일 테지.

"……"

민란의 낌새가 여기저기서 계속 느껴지는 가운데, 나라

살림까지도 몹시 어렵다. 연조가 무너질 게 눈에 보일 당시 지방 사대부들은 온갖 재산들을 은닉하기에 혈안이 되어 있었고, 황궁의 곳간은 비어 있었으며, 명실상부 대곡창들 태반이 불탔다.

그나마 지금까지 유지할 수 있었던 까닭은, 그동안 본교가 비단길에서 비축하였던 재화가 있었기 때문이었다. 그마저도 바닥이 드러나고 있는 중이지만.

그런 의미에서 이번 행장에 거는 기대가 무척이나 컸다.

그것이 타개(打開)의 발판이 될 거라 여겼다.

"그만 일어나 계획을 상세히 고해 보거라."

              *   *   *

백환명은 서역의 정세가 어떤 이들에 의해서 돌아가는지 잘 알고 있었다.

네 명의 살라딘과 그들의 부장들. 그리고 마스지드의 큰 사제들과 바그다드 궁정의 대관들에게 줄 뇌물 목록이 꽤나 구체적이다.

책으로 한 권 분량을 훌쩍 넘은 것이 나쁘지 않았다. 하지만 아무리 숙고하여도, 이걸 허락해서는 아니 될 일이었다.

우선 칼리프가 살아 돌아왔다는 소문의 진위(眞僞)가 가려지지 않았다.

다음으로 육천이 넘는 검객을 대동하고 있는 만큼 도적떼들로부터는 안전할 것이나, 한 지역을 다스리는 군주라면 제 땅으로 칼을 가지고 들어올 수천 명을 좋게만 보지 않을 것이다.

그다음으로 라쿠아와 얽힌 은원이 상단으로 향할 수 있었으며, 또 그다음으로는 행방을 알 수 없는 소인배 녀석이 이룬 경지가 육천의 검객을 월등히 뛰어넘는 데에 있었다.

물론, 이슬람 제국은 카라반의 나라다.

상업을 장려한다.

네 명의 살라딘 개개인들만 놓고 보아도, 그들은 동방에서 온 사상 초유의 대규모 상단이 지역 경제에 어떤 활기를 일으킬지 잘 아는 자들이기도 했다.

칼리프와 라쿠아 그리고 우적만 아니라면, 내 고민은 길어지지 않았을 것이다.

그러던 때.

시선 안으로 들어와 담긴, 흑천마검과 백운신검이 담긴 두 개의 철함이 이 결정에 힘을 실었다.

"허가하마."

아!

백환명은 기쁘기보다는, 살았다는 얼굴을 들어 보이고는 또다시 고개를 숙였다.

"단 실패는 용납될 수 없다는 걸, 그 누구보다 통감하고 있을 것이다. 두말하지 않아도 되겠지. 그대의 장남은 예 놓고 떠날 채비를 하거라."

나는 백환명과 오래전에 했던 약속을 떠올리며 말했다.

백환명은 나와 함께 지존천실로 향하던 때보다, 더 무거워진 몸짓으로 일어섰다. 교례를 갖춘 다음 물러나는 그의 등 뒤에 대고 말했다.

"하교 둘을 붙일 터이니, 그 둘이 무엇을 하든 관여치 말거라."

감시자라고 생각할 그를 배려하여 한마디 더 덧붙였다.

"이름은 휘와……."

백환명은 위효자를 알고 있다.

"정. 내 눈여겨보고 있는 두 하교이니라. 수행의 목적으로 그대에게 딸려 보내는 것이니, 관여할 것도 배려할 것도 없느니라."

*   *   *

혈산에서 바그다드까지 직선상의 거리는 대략 4000km.

이 몸으로 꾸준히 낼 수 비행 속도는 시속 3000km.

약 세 시간 내외로 왕복 가능.

하지만 이쪽의 3시간은 극한의 시간대에서 3/4초, 즉 1초 미만.

극한의 시간대 안에서라면, 1초가 안 되는 이곳 시간 동안 바그다드까지 왕복할 수 있다.

바깥에서 나는 초속 10,000km 이상의 속도를 내는 것이다.

그러니까.

이쪽 시간으로 4초면 지구를 돌 수도 있겠지.

＊　　＊　　＊

비단길 위에 전통적으로 써왔던 야영터는 낙타가 하루 동안 이동할 수 있는 거리마다 위치해 있다.

혈산에서부터 서쪽으로 가장 외곽에 위치한 객십(喀什: 카슈가르, 소륵국의)까지 거리는 500km쯤으로 총 14개의 야영터와 3개의 오아시스 도시를 지난다.

무(無)로 사라진 시간대에서는 살아남은 교도들과 더불어 낙타를 사정없이 몰았다. 보통 재촉해야만 50km 갈 수 있는 거리를 하루 동안 100km 이상을 주파했었으니, 객십 분교에 도착했을 때 낙타들은 살아도 살아있는 게 아니었다.

그러나 이번 황금상단의 여정은 철저히 낙타의 컨디션에 맞춰져야만 했다. 쌍봉낙타 한 마리에 장정 네 사람이 짊어지고 있는 짐보다 많은 상품이 실려 있기 때문이다.

낙타 한 마리가 죽으면, 검객 넷이 짐꾼으로 하등(下等) 된다.

그마저도 여의치 않으면 낙타 뼈를 표식 삼아 짐을 묻어 둘 수밖에 없는데, 본교의 붉은 사막은 이를 비웃으며 그 표식 또한 내일의 모래바람 속으로 파묻어 버린다.

그러니 황금장의 사람들이 입에 달고 사는 말이, 낙타, 낙타, 또 낙타였다.

폭염이 한기로 뒤바뀌기 시작할 무렵.

상단의 큰 움직임이 바빠졌다.

완전히 밤이 되기 전에, 낙타가 지치기 전에, 다음 야영터로 들어가야 했다. 그러나 짐승 혹은 사람의 뼈로 세워졌을 표식들이 언제나 그렇듯 모래에 잠겨 찾기가 힘들다.

황금장 사람들의 짜증이 부쩍 늘어났다.

그렇지 않아도 사막 안으로 들어온 지 열흘하고도 사

일째가 된 사람들이라, 모두가 예민해져 있는 상태였다.

낙타당 두 명씩 붙어 있는 검객들이야, 그들이 상단의 안전을 책임지고 있기 때문에 꾹꾹 눌러 참고들 있다지만.

나와 사휘는 객(客)과 다름없었다.

난데없이 동행하게 된 혈마교도 둘이다.

차마 신분 높은 혈마교도에게 뭐라고는 못 해도, 그들도 어쩔 수 없는 감정들이 안구 밖으로 불쑥불쑥 튀어나오고 있었다.

나는 혈산에서 내려오면서 했던 주의사항들을 다시 상기시킬 마음으로 사휘를 쳐다봤다.

그런데 사휘는 무정(無情)하다 할 만큼 표정 없는 얼굴이었다.

제아무리 그동안 겪어본 일들이 남다르다고는 해도, 그만한 나이 대라면 어김없이 거쳐야 하는 감정선이 있어야 하는 법이다.

하지만 사휘에게는 그런 게 없었다.

로봇 같이 시키는 대로만 한다.

그 과정에서 어떤 감정도 내비치지 않는다. 사휘가 감정을 내비치는 순간은, 내가 새로운 영역을 보여줬을 때들뿐이었다.

아니지. 맛있는 음식을 먹을 때 또한 즐거운 감정이 얼굴 위로 드러나기도 했었지.

"휘야."

"예. 교두(敎頭)."

사휘가 대답했다.

일단 이 몸의 위장 신분은 혈산원의 소교들을 가르치는 교두며, 관등은 비교적 낮은 품계인 호교법찰 그리고 이름은 정이다.

"서역의 무학(武學)을 아느냐?"

사휘는 어떤 대답이든 하려고 노력하는 것 같았지만, 사휘 같은 소교들이 배우는 것은 이슬람 제국의 언어뿐이다.

"우리들이 후천진기를 수련하여 단전을 배양하듯, 서역에서는 선천진기를 수련하여 할라의 운동력을 늘리지."

나는 사휘의 두 눈으로 떠오르는 감정이 반갑게 느껴졌다.

"본교와 동방에서도 아는 이가 적을 것이다. 서역에 다녀온 이들도 서역의 무학에 대해서는 보통 함구하는 편이지. 이는 그들의 수련법이 동방의 윤리와는 크게 어긋나기 때문이다."

사휘는 붉은빛을 머금은 광활한 황무지 저편을 배경으

로, 쉼 없이 이어진 상단의 행렬을 바라보았다. 그러고는
대답했다.

"선천진기는 수련할 수 있는 것이 아니라 배웠습니다."

나는 소리 없이 웃었다.

"잘못된 것이니, 이리 다시 가르쳐 주고 있지 않느냐.
우리 인간이 초인으로 나아갈 수 있는 방법은 단전을 배
양하는 방법만 있는 것이 아니니라. 서역에서는 우리와는
다른 길을 택했다."

검객들도 황금장의 사람들과 함께 우리를 꿔다 놓은 보
릿자루처럼 쳐다보곤 했다.

그들도 아닌 척하면서도, 내 말에 귀를 기울이고 있었다.

"서역에서는 선천진기를 크게 다루지. 해서 서역의 고
승들과 무인들은 타인의 선천진기도 아주 잘 느낀단다."

내가 말해놓고도 깜짝 놀랐다.

의식하지 않자, 내 입술 사이로 나온 어투가 몹시 부드
러워졌던 것이다.

사휘의 흔들리는 동공을 보니, 사휘도 그걸 인지한 것
같았다.

개의치 않고 말을 이었다.

"타인의 선천진기를 느낀다는 것이, 무엇을 의미하는지
알겠느냐? 지금 대답하지 않아도 된다. 타인의 선천진기

를 느낄 수 있다면 무엇이 가능한지 생각해 보거라."

그때부터 조용하던 사휘가 더 조용해졌다.

사휘에게 숙제를 내준 후 꽤 오래 지났을 때, 우리와 같이 걷고 있던 검객 하나가 내 쪽으로 가까이 접근했다.

"나리."

그는 도가(道家), 더 정확히는 무당 계열의 꽤 정순한 내공을 지닌 사내였다. 본교에 투신한 정도의 소방파 중 하나에서였거나, 아니면 적천(赤釧)을 찼던 적이 있었을 것이다.

하긴, 본교에 대적하다가 잡힌 이들은 노예의 신분이 되었으니까.

그런 치들은 행렬 안에도 꽤 많이 있었다.

어쨌든 호기심을 참지 못하고 내게 접근한 검객은, 단전이 폐해져 거무죽죽한 낯빛을 띄고 등에는 많은 짐을 지고 있는 이들과는 신분이 달랐다.

내가 쳐다보자, 검객은 한 손으로 주먹을 감싸 보였다. 그에게 나올 말은 뻔했다.

"의심이 들 것이나, 서역 땅에 들어가면 모두 알게 될 터."

나는 그렇게만 말하고 사휘의 이름을 다시 불렀다.

눈은 뜨고 있되, 생각에 잠겨 있던 사휘는 한 박자 늦게 고개를 들었다.

"파사국의 황제는 그들이 믿는 종교의 가장 높은 승려이기도 하다. 그들의 말로 칼리프라 부르며, 칼리프는 살라딘이라 하는 번왕(藩王) 넷에게 사방을 맡겼다. 동쪽을 다스리는 번왕의 이름은 자하라, 서는 나샤마, 북은 무트타르, 남은 슐레이만이다."

검객은 제자리도 돌아가 있었다. 하지만 처음처럼, 다른 이들과 함께 이쪽을 향해 귀를 크게 열어두고 있는 중이었다.

그렇게 이슬람 제국에 대해서 설명하는 사이, 앞쪽의 움직임이 느릿해졌다.

드디어 야영지를 찾아냈다.

행렬 후부(後部)에서 따라가고 있던 나와 사휘가 그곳에 들어갔을 때에는, 야영 준비보다는 고단한 낙타를 달래는 작업이 한창이었다. 실었던 온갖 짐들을 내려놓는 작업과 동시에 다른 쪽에서는 낙타에게 물을 먹이고 죽부터 끓이고 있었다.

그런 사이사이로 교지 안의 사막민족인 구르족 장정들이 바삐 움직인다. 구르족 사람들은 낙타에 정통해서, 황금장에서는 진작에 그들의 마을을 지나칠 때 비단을 주고 장정 몇을 데려왔었던 것 같다.

후부의 낙타들까지 모두 쉬게끔 하고 난 후에야, 뒤늦은 야영 준비가 시작됐다.

낙타 똥을 연료 삼은 모닥불이 심심치 않은 냄새를 풍기지만, 사람들의 표정은 한결 나아졌다.

겨우 오늘을 마쳤다는 것이다. 아직 사막의 얼음장 같은 밤이 남아 있어도, 거기까지 생각하기에는 다들 이미 지쳐 있었다.

"서역인들이 선천진기를 느낄 수 있다면, 본교의 은신술은 소용없는 것이 아닙니까?"

조용하기만 하던 사휘가 갑자기 말했다.

"맞다."

하지만 사휘는 즐거워하는 대신, 뭔가 불만이 찬 눈빛을 보였다.

"하지만 본교가 경계할 바는 그들의 무학이 우리와 다른 것에 있는 것이 아니라, 막강한 군세에 있다. 파사국의 영토가 동방 교국보다 훨씬 넓다는 사실을 알고 있느냐?"

역시나, 사휘의 두 눈이 동그래졌다.

"그러니 본교로서는 정마교를 유연하고 가까이 두어, 유용하게 써야 하는 것이다. 파사국의 군세가 본교에 미치려면 정마교의 땅을 반드시 거칠 수밖에 없음이니."

　　　　*　　　*　　　*

　이번에는 40km밖에 이동하지 않았기 때문에 금방 다녀올 수 있었지만, 거리가 점점 멀어질수록 극한의 시간대에서 머무는 시간이 점점 늘어날 것이다.

　하지만 사막여우가 외행성에서 온 작은 소년에게 말했듯이, 영아를 보게 되었을 때의 즐거움 또한 배가 될 것이다.

　영아가 자라나는 모습을 놓치고 싶지 않았고, 또 안식없는 질주가 얼마나 위험한 것인지를 잘 알고 있는 나다.

　설아도 야영지의 사람들처럼 영아와 함께 잘 준비를 하고 있는 중이었다. 설아는 피곤해 보이면서도 한편으론 행복해 보였다. 이 밝은 세상에 잠깐이라도 머무는 시간이 중요하다.

　영아의 부푼 볼에 손가락을 대기 앞서, 몸부터 깨끗이 했다.

　설아는 오늘 영아와 있었던 사소한 일 하나하나까지도 들려주었다. 예컨대 화원의 나비를 좇아 손을 뻗던 행동이나, 천실에서 일하는 숙수를 보고 울음을 터트린 일 등을 말이다.

　내가 낮 동안 함께하지 못했던 아쉬움을 알기라도 하

듯, 부쩍 풍부해진 감정으로 자세히 말하고 또 즐거워했다.

밝은 세상에서 빠져나온 다음에는 급한 전갈이 없는지 확인했다. 흑웅혈마와 색목도왕은 내가 낙점(落點)해야 할 사안들을 그들 선에서 최소화하기 위해 노력하고 있었다.

정해진 일과는 하나 더 있었다.

황금장에서 온 일공자 백초호.

나는 침통을 들고 녀석의 병상이 있는 객실로 들어갔다.

*   *   *

사휘에게 만상역변술의 전수를 끝낼 무렵.

황금상단은 바야흐로 파미르 고원을 막 지나쳤다. 아마도 적지 않은 시신을 밟았겠지만, 마휘련은 정당한 정마교주로 올라 있었다.

한 번이라도 정마교의 땅을 지나쳤던 사람들은, 의외로 까칠하게 굴지 않은 정마교의 반응에 의구심을 드러내기도 했다. 정마교주가 바뀌었다는 사실은 아직까지는 대외비였다.

한편, 이슬람 제국은 안 좋은 기억만 가득한 곳이다.

그래서 다시 그들이 모래를 밟고 말 때면 썩 좋은 기분이 들지 않을 것이라 생각했는데, 의외로 내 기분은 생각과는 다르게 일었다.

황금빛으로 넘실대는 모래의 물결이 아름답다 생각됐다.

단순하면서도 분명한 진리.

일체유심조(一切唯心造).

만물을 바라보는 데 있어, 각자의 마음이 투영이 되는 것이다.

판단도 그렇게 자연히 일어나는 것이고.

나는 주변의 기운을 다시 확인했다. 며칠 전부터 뒤따라 붙어 있던 도적 떼들은 결국 포기할 수밖에 없었는지, 그것들의 기운은 더 멀어지고 있었다. 애초에 육천이 넘는 검객을 대동한 상단은 상단이 아니라 군대에 가까웠다.

"휘야. 내 오늘 네게도 보여주고 싶은 것이 있구나."

꼭꼭 짓눌러왔던 사휘의 감정이 이러는 순간에는 이채로 떠오르고 만다.

나는 입가에 얇은 미소를 띠며 말했다.

"며칠 전, 살라딘 자하라의 붉은 눈 악마에 대해서 들려주었지. 기억하느냐?"

창공으로 나타났던 태양같이 크고 붉은 눈동자.

그걸 떠올리며 물었다.

"예."

"나는 그것의 본질이 몹시 궁금하구나."

과연 흑천마검의 영양분이 될 수 있을지.

제8장

가장 큰 적

　사휘가 역용을 할 때 떠올린 대상은 야영터에서 마주쳤던 어느 아랍인 의사였다. 동방에서는 쉽게 접할 수 없는 그의 외과의술은 지금까지도 상단 사람들에게 계속 회자되고 있는 중이다.

　어떻습니까?

　사휘는 성적을 기다리는 학생 같은 눈빛으로 나를 쳐다보았다.

　채점하기로는 75점. 만상역변술의 원리를 완전히 체득한 것은 맞지만, 아직 해부학에 정통하지 않아서 실수가 여럿 보이긴 한다.

그래도 그 사람으로 완벽히 변모하는 것이 아닌, 지금은 동방에서 온 소년의 몸을 가릴 정도만 되면 되었기에 별다른 지적을 하지 않았다.

여기서 해부학이나 세포학의 정밀한 부분까지 파고들기보다는, 사휘가 관심 있어 하는 부분에 대한 설명이 필요해 보였다.

이렇듯 그 아랍인 의사를 대상으로 삼은 것을 보면 말이다.

"동방의 의학은 병증의 근본을 우리네 안에 두고 치료하는 반면, 서방의 의학은 병증 그 자체에 주력하여 치료한다. 시작이 다르고 장단점이 서로 뚜렷한지라, 고하(高下)를 가를 수 없는 문제이니라. 헌데도 상단의 의자(醫者)들이 서방의 의학을 폄하하는 말을 하는 것은 몹시 다른 것에서 오는 두려움 때문이니 그들의 말을 귀담아들을 것 없다. 만류귀종의 이치를 깨달은 이라면 필시 서방의 의학에서 새로운 배움을 얻고자 할 것이나, 여기에는 그만그만한 치들뿐이로구나."

천의(天醫)라면 달랐을 테지만.

그쯤에서 나도 모습을 바꿨다.

내 인체만큼은 자유로이 다룰 수 있는 경지에 이른 지 오래라, 사휘같이 골근을 인위적으로 다듬을 필요가 없었다. 생각만으로도 변모(變貌)를 일으킨다.

사휘를 한 팔로 안았다.

이윽고 마슈하드 시내를 크게 두른 높은 벽과 부(富)가 무엇인지 증명하고 있는 보석 박힌 성문이 사휘의 육안으로도 확인 가능한 거리에 들어왔다.

나가고 들어오는 카라반의 행렬이 끊임없고, 술탄 궁과 마스지드의 하얀 지붕은 아름드리 반사광을 반질거렸다.

사휘는 정말로 놀랍고 감격에 겨울 때, 눈에 힘을 주고 부릅뜨는 버릇이 있었다. 지금도 그랬다. 이국적인 광경에 그친 것이 아니라, 거리마다 흘러넘치는 활기를 느낄 수밖에 없던 것이다.

자하라의 술탄 궁을 바라보며 말했다.

"살라딘 자하라의 공능이 무엇이라 하였느냐."

"미간의 할라이옵니다. 사람의 말 속에서 생각을 읽어 낼 수 있으며, 때로는 앞날까지도 볼 수 있다 하셨습니다."

"맞다. 허나 예지란 것이 언제고 일어나는 게 아니지. 이번에도 그런 것 같구나. 마침 그녀가 궁 안에 있는 걸 보니."

"하온데 말을 하지 않는다면 생각을 익히지 않는 것입니까?"

"그러니 그녀 앞에 서거든, 그 입술을 절대 열지 말거라."

내가 동방 교국에서 온 통치자란 사실을 알게 되면, 아무래도 황금상단의 상행에 많은 변수가 생길 수밖에 없다.

술탄 궁의 최상층 베란다에 내려섰다.

동시에 사휘에게 눈짓을 줘서, 철함 묶은 끈을 확인하게끔 했다. 그렇게 사휘가 제 어깨로 둘러진 끈을 더 강하게 죄고 있을 때였다.

빠른 속도로 쇄도해 들어오는 인형(人形)이 있었다. 자하라는 오색찬란한 타일이 박힌 복도 안쪽에서가 아니라, 밑에서 솟구치다시피 나타났다. 내가 퍼트리면서 왔던 약간의 기운 때문이다.

방금 전까지 할라를 수련하고 있었던 것이 분명하게도, 자하라는 속이 훤히 비치는 얇은 옷 하나만 걸친 채였다.

그녀와 함께 불어온 바람에는 야자즙 냄새 또한 실려 있었다.

얼굴에 연연히 퍼져있는 홍조나, 성적 쾌락이 채 가시지 않은 뇌쇄적인 시선이 나와 사휘를 빠르게 훑고 지나갔다.

재미있는 것은 사휘의 반응이었다.

허리를 숙이지 않아도 보이고 마는 자하라의 깊은 가슴
골과 그 풍만한 가슴이 만들어 내는 아름다운 육체의 선.

　사휘의 시선은 본인도 모르게 거기에 고정되어 있었다.

　도리어 안심이 들었다

　— 자하라.

　의념으로 전했다. 그들의 말을 능숙하게 할 수 있다고
해서, 발음까지 완벽한 것은 아니었으니까.

　그 순간 자하라의 여유로웠던 분위기가 씻은 듯 날아갔
다. 기분 좋게 반질거리던 그녀의 눈빛도 매섭게 변했다.

　두 침입자 따위를 제압하지 못할 거란 생각이 들어서는
아니었을 것이다. 자하라가 놀란 이유는 내 의념에 깃들
어 있는 여러 생각들을 읽어 내지 못한 데에 있었다.

　— 네놈 같은 건 본 적이 없는데.

　미간을 중심으로 한 자하라의 선천진기가 질풍같이 빨
라졌다.

　아나나 다를까, 이 뇌리 속에서 붉고 푸른 자극이 튀었
다.

　명왕단천공.

　혈마의 백(魄)이 내게 흘러들어온 이상, 이건 내 통제하
에 있지 않았다. 어떤 스위치가 있어서 on, off를 조정할
수 있는 게 아니었다.

몇 번이나 나를 위기에서 구해주고 또 항상 기대왔던 그 자극들이, 나는 더 이상 반갑지 않았다.

명왕단천공은 자하라와 겨루었던 옛날들을 모조리 기억하고 있었다.

자극이 이미지로 바뀌는 건 찰나였다.

앙칼진 고양이처럼 뛰어들어 내 목을 쥐어버릴 자하라, 독기(毒氣) 깃든 녹색 운무를 퍼트릴 자하라, 그럼에도 불구하고 목이 잘려나갈 자하라, 그럼에도 불구하고 불타 사라져 버릴 자하라.

그 모든 자하라들의 이미지가 뇌리 안으로 속속 박혀 들어왔다.

과정과 해답 그리고 결과를 보여줄 뿐이란 게 사실이지만, 머릿속의 망령이 자하라의 목숨을 갈구하고 있는 것처럼 느껴진다.

악랄하고도 간악한 혈마.

뽑아낼 방법이 있다면 당장 뽑아냈을 것이다.

— 재미있네. 감히 어디서 한눈을 팔아!

자하라가 명왕단천공이 보여줬던 대로 오른팔을 뻗치며 날아들었다.

극한의 시간대에 돌입하지 않더라도, 명왕단천공의 기분 나쁜 자극이 없더라도, 십일성의 공력만 운용할 뿐일지라도.

그녀는 내 상대가 되지 못했다.

나는 그녀의 뒤로 돌아가 그녀를 껴안았다.

— 나의 신을 경배하라.

어김없이 자하라의 의념이 밀려들어 왔다.

놀란 사휘가 어설픈 솜씨로나마 끼어들려는 것을 눈빛으로 저지한 다음, 자하라를 껴안은 팔에 기운을 더 실었다. 다음은 명왕단천공의 자극대로였다.

자하라의 악마가 등장한 것이 느껴진다. 자하라가 저항하는 힘 또한 부쩍 거세졌다.

명왕단천공은 보내는 이미지들이 자하라보다는 붉은 눈 악마 쪽에 초점을 바꾸기 시작했다. 그때 자하라가 나를 향해 고개를 돌렸고, 나는 자하라의 두 눈에서 일고 있는 거대한 파문을 볼 수 있었다.

있을 수 없는 일이야!

자하라가 비명에 가까운 눈빛을 토해내며 발버둥 쳤다.

자하라의 역할은 여기까지였다.

나는 자하라를 기절시키면서 사휘를 쳐다봤다. 사휘는 붉은 눈 악마를 처음 본 당시의 나처럼, 몸을 떨면서도 거기에 눈을 떼지 못하고 있었다.

"휘야."

사휘를 부르는 소리에 기운을 담았다.

사휘가 갓 건져 올린 활어 같이 움찔거리며 고개를 돌렸다.

"저것도…… 우주에…… 우주에 있는 겁니까?"

사휘는 오면서 분명히 했던 주의사항을 망각할 만큼 홀려 있었다.

나는 고개를 저었다.

"그렇게 인식되는 것뿐이다."

사휘는 아직 실제로 그런 것과 인식되는 것의 차이를 이해할 수 없었다. 그러한 가르침까지 전하게 될 날이라면, 아마도 그날은 사휘에게 가르칠 것들이 더는 남지 않은 날일 것이다.

축 늘어진 자하라를 사휘에게 넘겼다. 그러고 나서 하늘을 향해 오른 손바닥을 펼쳤다. 때는 공력의 움직임이 끓는점을 넘어버린 액체와도 같이 왕성해지던 순간이었다.

붉은 눈 악마는 비로소 내 진짜 힘을 눈치챘지만, 너무 늦었다.

거대한 두 눈깔 위로 두려운 감정이 드러났다. 흑천마검에게 잡아먹히기 직전에 보였던, 아주 동일한 감정이었다.

도망치려는 것 같았다. 하지만 녀석의 주위에는 이미 녀석의 색채보다 더 선명하고 뚜렷한 붉은 기운이 넘실거리고 있었다.

흑천마검이 그것을 삼켜 버렸듯이, 나 또한 이 힘으로 그것을 완전히 감싸버렸다. 그러고는 이쪽으로 잡아당겼다.

마치 인간처럼 진한 감정을 드러낸 두 눈을 좌우로 굴리면서 버둥거렸다.

빨려 들어오는 속도가 점점 빨라져, 어느 순간에 손아귀 전체로 쑥 들어왔다.

그때 그것의 크기는 한 주먹 정도로 축소되어 있었다.

내 손아귀 안에서 불안에 떠는 눈알을 보고 있노라니, 흑천마검과 있었던 기억이 하나 더 떠올랐다. 흑천마검은 이것을 먹었던 적도 있었지만, 이렇게 손에 쥐고 터트린 적도 있었다.

"너는 무엇이냐."

나는 눈알을 향해 말했다.

중원에서는 사라지고 만 영물(靈物)들과 비슷한 것일까.

아니. 고개가 저어진다. 사천에 대지진을 일으켰던 악룡과는 그 느낌이 사뭇 다르다. 오히려 옥제황월과 오로레에서 느꼈던 그 정체 모를 기운 쪽에 가깝다고 할 수 있다.

한편, 술탄 궁 안뿐만 아니라 바깥까지도 소란스러워지고 있었다.

나는 계속 버둥거리는 눈알을 그대로 움켜쥔 채로, 사휘의 어깨를 감쌌다. 사휘가 자하라를 바닥에 내려놓기를 기다렸다가 하늘 위로 솟구쳐 올랐다.

사휘는 눈알이 내 손아귀 안에서 옴짝달싹못하고 있어도, 이것과 눈을 마주치는 것을 정말로 끔찍해 했다. 눈알이 내게 가지는 두려움이나, 사휘가 눈알에게 가지는 두려움의 크기가 엇비슷한 것 같았다.

사휘에게 멀리 떨어져 있어도 좋다고 말한 다음, 흑천마검이 든 철함을 열었다.

그러고는 눈알의 시선이 철함 안의 쪼개진 파편들을 향하게끔 손목을 돌렸다.

"자아(自我)를 가진 듯한데, 의념을 전할 수 있다면 지금이라도 하는 게 좋을 것이다. 지금 널 반신의 먹이로 줄 생각이니까."

조금 기다려 봤지만 흘러들어오는 의념도, 어떤 음성도 없다.

"사실, 너는 이 반신에게 두 번이나 먹혔던 적이 있었지. 이로써 세 번째가 되니, 네 녀석의 운명도 기구하다 할 수 있겠군."

어떤 식으로든 이것의 힘이 방출될 것이다. 나는 그걸 흑천마검으로 유도할 것이고.

그렇게 말하며 눈알 쥔 손에 기운을 가하려던, 바로 그때였다.

불규칙적으로 끊어져 들어오는 의념이 있었다.

─ 탐나지.

─ 않은가.

─ 내 힘.

─ 있다.

─ 네게도.

─ 줄 수

역시, 자아를 가지고 있는 만큼 소통 또한 가능한 것이었다.

이때를 위해 준비하고 있던 물음을 꺼냈다. 이 물음이 녀석의 본질을 말해주리라.

"너는 처음에 어디서 왔느냐?"

한 번 더 힘을 가하자, 고통스런 감정이 먼저 밀려 나왔다.

─ 관통했다.

— 공허

＊　　　＊　　　＊

천년금박으로 향했다.

파수꾼 혼원귀가 그곳에 혼자 있었다. 극한의 시간대를 만들었던 날 선 감각을 풀어버렸다.

그로부터 한 박자 뒤, 내 앞으로 모여든 검은 안개가 사람의 형체로 응집되었다. 그리고 혼원귀가 완전히 제 모습을 갖췄을 때 그는 한쪽 무릎을 꿇고 고개를 조아린 상태였다.

"어둠 속으로 돌아가거라."

순간에 안개로 다시 돌아간 혼원귀가 야명주의 빛이 미치지 않는 어둠 속으로 사라졌다.

천년금박의 입구는 바닥, 그러니까 지금 내 발아래에 위치해 있는 중이다.

만년한철을 싸그리 긁어모아 만든 철문과 진법에 능통한 교도들의 혼신이 담긴 절진 그리고 혹 모를 접근자에게 경각심을 실어줄 금(禁)자 문자가 적색 도료로 큼지막하게 칠해져 입구를 봉쇄하고 있었다.

"여기더냐?"

힘 실린 내 목소리에, 사방을 향해 데굴데굴 움직이던 악마의 동공이 딱 고정되었다.

— 없다.

— 아는 것을

— 할 수

이렇게나 빨리 나 스스로 천년금박의 봉인을 풀게 될 줄은 몰랐는데.

"혼원귀는 계단을 올라, 누구의 접근도 허락지 말거라."

꺼림칙한 기분 그대로 눈살을 찌푸렸다. 동시에 벽에 깃들어 있던 그림자 또한 꾸물꾸물거리며 계단 위쪽으로 이동했다.

철문의 사방에 형성된 진법의 요체(要諦)들을 공력으로 불태워 버리고서 허리를 숙였다. 그런 다음 철문을 밟고 있던 발을 치움과 동시에, 철문 깊숙이 오른손을 박아 넣었다. 열 일이 없다고 생각해서 새로 만든 철문에는 문고리조차 만들어 두지 않았었다.

그 철문이 들어져 올라오는 동안, 칠흑보다 짙은 어둠 안이 서서히 드러나기 시작했다. 지름 일 미터가 채 안 되는 구멍에서 나오는 악취는 오래된 기억과 조금도 다르지 않았다.

꾸아아아아악—

어떤 마물의 괴기한 울음소리가 문이 열리기만을 기다려다는 듯이 동시에 울려 나왔다. 꽤 가까이서 나는 소리였다.

과거에는 한없이 깊은 어둠뿐만으로 보였던 그 안이, 지금은 달랐다.

어둠을 뚫고 보이는 게 있었다.

마물들은 일정한 형체 없이 검은 덩어리로만 존재한 채 벽 속에 갇혀 있었다. 올라오지도 내려가지도 못하는 그것들이 할 수 있는 일이라고는 우는 것뿐인지라, 위협이 될 건 조금도 없었다.

감각을 끝까지 끌어올려도, 역시나 끝이 보이지 않는다. 좁은 벽 둘레로 갇힌 마물들만 보일 뿐이지.

눈알의 시선이 그 깊은 구멍으로 향하게끔 손목을 돌렸다.

"네가 온 곳이 여기냐?"

— 그렇다.

본교의 오래된 전설에 따르면, 혈마는 본교의 붉은 사막과 고원 등지에 출몰하였던 마물들을 그것들이 기어 나왔던 천년금박 안으로 되돌려 보냈다 했다.

하지만 서역으로 넘어간 것들까지는 신경 쓰지 않았던

것이었나?

그럴 수도 있다. 혈마는 완전체가 아니었다. 말년에 이르러 그가 꾀한 야비한 술책은, 우리 인간의 전형적인 그 것이었으니까.

혈마에 대한 생각으로 어김없이 불쾌한 기분이 슬슬 들려던 무렵, 붉은 눈 악마는 아마도 온 힘을 다해 깊은 구멍 안으로 도주를 하려던 것 같았다. 손아귀 안에서 폭발하는 순간적인 힘과 그 힘을 억누르는 내 힘이 충동하였다.

지하 전체에 진동이 일어났다. 후두둑 떨어지는 천장의 흙더미들 또한 있었다. 결국 내게서 도망치는 데 실패한 붉은 눈 악마는 큰 부상만 얻었다.

진짜 혈액이 흘러나오는 것은 아니었지만, 녀석을 움켜쥐고 있는 손가락 사이사이로 정체불명의 검은 기운이 빠져나오고 있었다.

쿠아아악 —

구멍 속의 마물들까지도 괴성을 질러댄다.

"……너무 힘을 줘버렸군."

사실이었다. 금방 멎을 줄 알았던 검은 기운이 계속 흘러나옴에 따라, 녀석이 줄곧 대항해 보이던 힘 또한 빠르게 사그라진다.

녀석이 소멸되고 있는 것이다. 간간이 흘러들어 오던 녀석의 고통스런 감정마저도 더는 느껴지지 않았다. 더 늦기 전에 철함 뚜껑부터 열었다. 그러고는 아직 어디로 가지 못한 검은 기운들과 녀석의 몸에서 흘러나오는 그것들 전부를 흑천마검 파편 쪽으로 방향을 틀었다. 그러자 반응이 있었다.

흑천마검의 파편들은 마파람에 게 눈 감추듯 흘러오는 족족 흡수하기 바빴다. 그것이야말로, 공력으로 파편을 인위적으로 이어 붙였던 것과 다른 점이었다. 주변에 자리한 검은 기운들을 스스로 흡수한다.

하지만 그 순간에 간신히 전해져 온 붉은 눈 악마의 감정이, 모처럼 즐거워지려던 기분을 망가트리기 시작했다.

지옥 불덩이 속에서 발버둥 칠 때만이 가능할 감정이 끔찍이도 선명했다.

*   *   *

왜일까.

붉은 눈 악마는 다른 차원 존재, 즉 마물이다. 성 마루스나 이 세상에 왜 다른 차원으로 연결된 통로가 뚫려 있는 이유에 대해서가 아니다.

죽은 흑천마검이 본 차원도 아닌, 다른 차원의 기운에 마치 살아있는 듯한 반응을 보인 이유를 말하는 것이다.

십이양공의 공력을 파편 쪽으로 퍼트려 보았지만 마찬가지였다.

억지로 주입하면 파편을 조금이나마 이어 붙일 수 있지만, 흑천마검이 스스로 내 공력을 빨아들이는 건 아니었다.

아래로 시선을 내렸다.

저 어둠 끝 세계 너머가 과연 성 마루스의 금지된 문까지 이어질지는 지금으로서는 알 길이 없다. 하지만 저 어둠 끝 세계가 공허를 관통한 다른 차원의 어떤 세계라는 사실에는 조금의 의심도 들지 않는다.

우선 기감(氣感)으로 파악할 수 있는 마물들을 끄집어내기로 했다. 그것들로 다시 확인해 볼 생각이었다.

마물들은 밑으로 떨어지는 통로 벽 안에 불규칙적으로 갇혀 있었으며, 개체 수는 백 이상.

예전에 저쪽 세계로 내려가 마물들을 상대했던 당시에도 그랬고, 지금도 명왕단천공이 마물들에 해당하는 이미지를 보내고 있는 중이긴 했다. 나는 망령의 목소리를 무시하고는, 섭물(攝物)의 수법으로 마물 하나를 내 쪽으로 당겼다.

벽 안에 감춰져 있던 덩어리가 빠져나왔다. 그런데 그 마물보다도 허물어지지 않는 벽에 관심이 쏠렸다. 즉, 어둠을 머금은 저 벽들이 물질로 구성되어 있지 않다는 뜻이다.

또한 마물을 끄집어내면서 느낀 것인데, 그것들은 어둠 벽에 갇혀 있는 것이 아니라 이쪽으로 들어오기 위해 다닥다닥 붙어 있는 쪽에 가까웠다.

어쨌든 당장 천년금박 입구는 마물 덩어리가 빠져나오기에는 비좁았다. 그래도 마물 덩어리는 제 형체를 보다 가늘게 늘려서, 충격을 완화시키는 능력이 있었다.

그렇게 입구를 빠져나오자마자 형체를 빠르게 갖추는 것이었다.

크기가 점점 커지고 있다.

진흙을 뚝뚝 흘리는 거인 형상의 마물도 있었던 걸로 기억한다. 사람의 인지 능력을 왜곡하는 마물도 있었다. 썩은 나무에 깃든 마물도 있었다.

그리고 완성될 이 녀석은 4족 보행을 하는 거대한 괴물로 추정됐다. 가만히 내버려 두다가는 내부를 가득 채우는 것을 넘어서 무너트릴 만큼 커져 버릴 것 같았다.

훼엑.

막(膜)을 둘러서 그것이 완성체를 갖추지 못하게끔 가둬

버리자, 그 안에서 콱 터지고 만다. 이것은 붉은 눈 악마와는 다르게 혈액이 있고, 신체를 구성하고 있는 지방질과 근육질이 있었으며, 내부 장기도 있었다.

사람이 죽어 선천진기를 남기듯이, 이것들의 마기(魔氣)도 마찬가지다.

흑천마검은 이번에도 똑같은 반응을 보였다.

같은 작업들을 반복했다.

막에 가득 찬 혈액 등을 아래로 쏟아 내버린 후 새로운 마물을 끄집어낸다. 그런 후에 흑천마검에게 마기를 흘려보낸다.

그 방식으로 흑천마검의 파편들이 이어 붙어진다거나, 비록 한 음절이나마 흑천마검의 목소리를 들을 수 있는 것은 아니었다.

그러나 이 점만큼은 분명히 확인하였다.

흑천마검이 이것들의 기운을 갈구하고 있다.

그렇게 내 시선은 자연스럽게 다시 아래로 향했다.

예전에도 내려갔다가 돌아온 경험이 있었다. 11성의 벽을 넘지 못했다면 돌아오지 못했겠지만, 그때는 11성을 달성하게 된 인과율의 안배가 있었다. 하물며 지금은 오고 가는 일에 어려움이 없을 것 같았다.

하지만 다른 세상도 아닌, '다른 차원'으로 넘어가는

일은 아무래도 조심스러울 수밖에 없는 일이지 않은가.

만에 하나 내가 통제할 수 없는 어떤 일이 벌어져 돌아오는 데 오랜 시간이 걸리고 만다면, 서역 상행의 성공을 장담할 수 없는 일이었다.

그러니 바그다드 대재앙 때, 그것들도 과연 천년금박에서 기어 나온 것들인지는 몰라도, 우리가 소멸시킨 수많은 진(jinn)들이 아쉬울 따름이다.

살라딘들의 다른 악마 셋에 기대를 걸어 보는 수밖에…….

그러고도 안 되면 저 어두운 구덩이 속에 몸을 던져 보는 일도 생각해 봐야 할 것이다.

사막으로 돌아갈 마음으로 몸을 돌렸다가, 문득 드는 생각에 다시 천년금박 안을 들여다봤다. 천년금박 입구와 가까운 마물들을 전부 흑천마검에게 제물로 바쳤기 때문에, 더 이상의 악취나 괴기한 울음소리는 없었다.

"공허라……."

마물들이 갇혀 있었던 어둠 벽들을 유심히 바라보았다.

공허.

차원과 차원 사이에 텅 비어있는 중간 공간. 아무것도 존재하지 않기에 끔찍한 곳이다. 그렇기에 성 마루스의 마법사들에게도 지옥과 비슷하게 공포적인 개념을 간직한 곳이다.

일찍이 공허의 세계를 직접 본 적이 있던 나로서는, 천년금박 입구에서부터 떨어지는 깊은 어둠 벽들의 실체를 모를 수가 없었다.

다만, 본 적은 있어도 그 세계에 이토록 가까워질 수 있던 적은 없었다.

호기심 때문만은 아니었다. 공허를 보게 되었던 이유가, 흑천마검의 입안 또한 공허로 이루어져 있었기 때문이었다.

계속 깊어지는 생각을 접었다.

그러고 나서 몸을 부유시켜 천년금박 안으로 천천히 내려갔다.

입구 인근의 벽들은 흙, 물질로 이루어져 있다. 나는 통로 벽이 물질로 이루어지지 않는 경계선까지 쭉 내려갔다.

지금 당장, 다른 차원의 어떤 세상으로 갈 생각은 조금도 없었다. 지금은 광활한 우주의 한 면모를 새롭게 확인하는 것으로 족했다.

입구에서 공허가 둘러싸인 경계선은 어림잡아 200m쯤, 그렇게 먼 곳부터 시작되지 않았다. 경계선에서 조금 아래 부분에서 몸을 멈췄다.

블루 드래곤에게 갔던 심해에서의 그때가 생각났다. 빛 하나 들어오지 않는 어둠뿐만인 세계, 여기는 흡사 심해에 터널을 수직으로 뚫어 놓은 듯하다. 손을 뻗거나 고개를 내밀면, 본격적으로 공허의 세계와 접촉하는 것이다.

우주는 알 수 없다.

빅뱅으로 창조된 우주, 그렇다면 빅뱅의 시작은 또 무엇이란 말인가. 대체 무엇이 존재하지 않는 거기에 쾅!, 하고 우주를 만들어 버렸단 말인가. 또 인과율의 섭리(攝理)는?

나는 어둠만이 가득한 저 안을 보면서, 속으로만 간절히 소원했다.

모두 결자해지(結者解之)하는 날, 그 또한 당신의 계획대로일지라도, 그 훗날들만큼은 그만 내게서 관심을 거둬 주시오.

"……!"

그런데 뭐였지?

방금 전.

저 광활한 어둠 안으로, 찰나에 보였다가 찰나에 사라져버린 투명한 인형(人形)이 있었다. 허리까지 닿는 긴 머

리카락을 휘날리되, 결코 여성으로 느낄 수 없는 기괴한
신체 구조를 지닌…….

"흑천마거어어어어엄!"

*   *   *

그 인형은 분명히 흑천마검이었다.

녀석 같은 신적인 존재는 죽으면 완전히 소멸되는 것이
아니라, 그 본질이 공허로 떨어지고 마는 것일지도 모른
다.

찰나에 치닫는 생각과 함께, 나는 반사적으로 어둠 벽
바깥으로 고개를 밀어 넣으며 외치고 있었다.

"흑천마검!"

그런데 고개가 빠져나가는 순간.

나를 그 공간 안으로 끌어당기는 강력한 힘(引力)이 불
쑥 튀어나왔다.

"이……."

힘에 끌리자마자 내가 대적할 수 없는 우주적인 힘이란
걸 알았다.

오싹한 한기가 등줄기를 훑고 지나가기 무섭게, 나는

공허 안으로 완전히 끌어당겨 졌다.

이런!

전력으로 저항해도 소용없었다. 몸에서 피어올랐던 붉은 아지랑이는 내가 끌려온 궤적을 따라 길게 이어졌다가, 공허 속으로 사라졌다.

아무것도 존재하지 않는 그야말로 무(無)의 공간이 펼쳐졌다.

상하좌우의 방향이 따로 없이 어둠만이 무한한 공간을 채우고 있는 셈.

그렇게 쭉 미끄러졌다.

마침내 인력(引力)의 힘이 약해져, 몸을 자유로이 움직일 수 있게 되었던 그때에도, 큰일 났구나 하는 생각뿐이었다.

지금 당장 할 수 있는 일이라곤, 극한의 시간대를 유지하는 것밖에 없는 것 같았다.

나 없이 중원의 시간이 많이 흘러가 버려서는 아니 되니까.

중원은 아직 준비가 되지 않았다.

끌려왔던 역방향으로 계속 나아갔다.

그러나 천년금박으로 통해지는 무엇도 보이지도 느껴지지도 않았다.

이러다 이곳에 영영 벗어날 수 없을지도 모르겠다는 생각이 든 것은, 그로부터 한참이 지난 후였다. 돌아갈 방법이 없다.

수 없이 말했던 바, 끔찍한 어둠뿐이다. 흑천마검이라면 이때 이렇게 말했을 것이다. '환.장.하.겠.구.나.'라고.

— 환장하겠구나.

환청까지 울렸다.

*   *   *

— 네놈까지 여기에 빠지면 어쩌자는 것이냐. 이러면 네놈을 믿었던 이 몸의 꼴이 우습게 되고 마는 것을. 이 몸의 소중한 그건 어디에 팔아먹고.

"……!"

또다시 전해져오는 의념!

그것이 향해온 위를 향해 턱을 치켜들었다. 녀석이었다!

이 멀쑥한 녀석을 안아 주고 싶어도, 녀석은 유체같이 투명해서 주변의 어둠을 온몸에 한껏 머금고 있었다.

그래도 녀석의 잔뜩 난 표정 하나하나가 생생히 보이고

는 있었다.

"흑천마검……."

녀석과 조우(遭遇)하지 못했다면 나는 이 무한한 공간에서 어떻게 해야 했을까?, 그 반가운 마음이 목소리에 담겼다.

하지만 흑천마검은 조그마한 동공으로 나를 빤히 쳐다보기만 할 뿐, 짜증 나고 어처구니없다는 듯이 굴고 있었다.

"이 내가 반갑지 않은가."

나는 그렇게 말하며 손을 뻗었다. 과연 내 손이 녀석의 형체를 관통했다. 지금 녀석에게는 실체가 없었다. 녀석은 몹시 불쾌한 감정 그대로를 드러내며 한 걸음 뒤로 물러났다.

"지금 넌 자아(自我)뿐인 것이로군."

내가 말했다.

어김없이 들려오는 대답은, 어떤 음성이라기보다는 구겨진 표정이었다.

그럼 실체는 여전히 중원에 있는 그 파편들이라 할 수 있었다.

"백운신검은?"

문득 그녀가 생각났다.

백운신검도 공허 안을 떠돌고 있기는 마찬가지였을 것인데.

나를 빤히 바라보기만 하던 흑천마검이 비로소 입술을 열려던 순간인 것 같았다. 그런데 열린 그 입술 사이로 새어나온 것은 짧은 한숨이었다.

물론 공허 세계에서는 숨을 내뱉으며 일어나는, 구체화된 바람 같은 것이 있을 리는 없다. 녀석의 인간적인 감정을 분출한 행동에 불과했다.

이 무한한 공간 안에서 무엇과 마주칠 가능성이 과연 있을 것 같으냐? 한심하긴.

녀석의 한숨은 그런 뜻으로 해석될 수 있었다.

그런데 녀석이 마음을 어떻게 바꿔 먹었는지, 말을 시작했다.

— 지금 그 계집은 본인이 무엇인지도 모를 것이다. 하기야, 멍청한 계집에게는 아주 제격인 상태겠지만. 크크큭.

녀석이 짧게 비웃고는 마저 말했다.

— 이 몸에게 보은(報恩)하려 했던 마음은 기특하였다. 애송아. 하지만 여기에 들어올 것이라면, 그걸 가지고 왔어야 했었다.

파편을 말하는 것이다.

흑천마검의 파편이 담긴 철함은 궤짝이 열린 채로, 천
년금박 입구 바닥에 놓여져 있는 중이다.

하지만 이렇게 나까지 공허 안으로 빨려 들어오게 될
줄이야, 어떻게 알 수 있었겠는가. 이는 조금도 예상치 못
했던 일이다.

— 그랬다면 이 몸을 진정으로 소생시킬 수도 있었을
것이다. 하지만 이제 네놈이나 나나 영락없이 차원과 온
세상들을 떠돌게 생겼구나. 중원에 닿기만을 바라면서.

"합일할 순 없는 것이겠지?"

그걸 말이라고 하느냐!

녀석이 그런 표독한 눈빛으로 나를 노려보았다.

나는 다시 칠흑 같은 어둠뿐인 사방을 훑어보다가, 녀
석에게 반문했다.

"마물의 기운. 아니 타차원의 기운에는 어떻게 반응된
것이냐?"

— 생각하고 싶지 않은 기억들을 끄집어내더군.

녀석이 거기까지 말하고는 말을 멈춰 버렸다. 더는 말
하고 싶지 않아 했다. 하지만 나는 그게 무엇인지 얼추 짐
작이 갔다.

다른 차원의 신.

성 마루스에서는 일명 마신(魔神)이라고 불렸던 존엄한

존재와 얽혀 있던 기억일 터.

"백운과 너로 쪼개지기 전. 하나였을 때의 기억을 되찾은 모양이군."

내가 말했다.

녀석이 괜한 곳을 특정해 바라보며 이를 가는 것으로, 대답을 대신했다.

아마도 본인을 쪼개버렸던 그 마신을 떠올리고 있는 중인 것 같았다.

평소, 녀석이 본 차원의 신으로서 하나였을 때에 대해서 궁금했던 점이 한두 가지가 아니었다. 하지만 끔찍한 어둠이 우리를 에워싸고 있는 지금은, 그걸 논할 때가 아니었다.

"중원으로 돌아갈 방법은……."

내 말이 채 끝나기 전에, 녀석의 매서운 눈빛이 내게로 돌아섰다.

— 두 가지.

녀석이 말했다.

— 왜. 두 가지나 된다고 하니까, 마음이 놓이나 보지?

명백히 나를 비웃는 발언.

그 두 가지의 방법 중 하나는, 나도 무엇인지 알고 있었다.

사실 공허에는 어떤 물질도 존재하지 않지만, 비물질적인 힘 하나가 존재하고 있었다. 그것은 바로 나를 여기로 끌어당겼던 그 인력(引力)으로, 규칙을 알 수 없는 흐름을 띠고 있다.

흐름을 쫓아가다 보면, 공허를 벗어 날 가능성도 있었다.

내가 느끼고 있는 이 인력은 차원과 우주 그리고 세계들을 잇고 있는 끈과 같은 역할을 하고 있을 수도 있기 때문이다.

그런데 여기서 큰 문제는 흐름 하나를 쫓아서 당도할 곳이, 과연 어디냐는 것이다.

어느 차원의, 어느 우주의, 어느 세상.

지금 단언할 수 있는 단 하나의 사실은, 우연이나마 중원으로 닿을 확률은 수치상으로 표현될 수 있는 영역이 아니라는 것이다.

그 절대적인 우연에 희망을 거는 것이 두 가지 방법 중 하나다.

그러니 남은 방법이야.

굳이 듣지 않아도 얼마나 허황된 방법일지 빤히 보였다.

"막연히 떠돌아다니는 것 외에는?"

내가 물었다.

— 네놈 교도들 중 어떤 멍청이가, 네놈이 놓고 온 이 몸을 발견하고, 네놈이 했던 그대로를 반복하는 것이지.

흑천마검의 파편에 마기를 주입하는 것.

"그러면?"

— 이 몸의 기억은 더욱 선명해지며, 돌아갈 길이 보이는 것이다.

그래서 녀석은 천년금박을 향해 꽤나 근접할 수 있었던 모양이다. 마기로 일어난 자극이 충분치 못했던 까닭에 실패하고 말았지만.

— 이제 알겠느냐? 애송아. 네놈이 전부 망쳤다.

흑천마검이 말을 마치고는 큭큭거렸다.

나는 오랜만에 보는 녀석다운 미소에서 옛날이 생각났다.

서로가 서로를 도모하기 위해 혈안이 되어 있었던 나날들.

그때 나는 녀석 때문에 운기행공이나 메모라이즈는 물론이고, 약간의 공력을 소비하는 일도 크게 경계했었다.

주마등처럼 스치고 지나간 기억들이 내게도 짧은 웃음을 자아냈다.

"큭큭."

아직도 이렇게 웃는 버릇을 고치지 못했구나. 따라할
게 따로 있지.

흑천마검의 괴상 흉측한 웃음소리가 내 입 밖으로 튀어
나왔다.

— 쳐 웃긴. 우리는 빌어먹을 인과율에게 간절히 빌고
또 비는 수밖에 없게 되었다.

흑천마검이 그 말만 안 했어도 내 웃음은 기분 좋은 그
대로 정리됐을 것이다.

"인과율이라⋯⋯."

나는 생각에 잠겼다. 정마교의 제단에서 보냈던 선대로
의 시간 여행이 자연히 떠올랐다.

— 애송아.

— 애송아!

— 애송아?

흑천마검은 갑자기 조용해진 나를 계속해서 불러 댔다.

"결국 이렇게 될 수순이었나보군."

입맛이 무척이나 썼다.

— 뭐?

"일단, 다른 세상에 들어가 봐야겠다."

내가 담담하게 말하자, 흑천마검의 눈꼬리가 삐쭉 올라
갔다.

— 정력만 낭비하는 짓이지.

무시하고 말했다.

"인류가 문명을 이룩한 세상을 찾아야 한다. 날 도와줄
수 있겠는가?"

명왕단천공의 마지막 완성을 위해서는 반드시.

— 이유는?

흑천마검의 눈초리가 한층 더 날카로워졌다.

그런데 가만히 생각해 보니, 명왕단천공이야말로 녀석
을 잡는 칼이다. 녀석이 명왕단천공의 완성을 납득할지가
의문이었다.

하지만 깊어지려는 생각을 그만두었다. 흑천마검의 결
단 없이는 애초부터 성립될 수 없는 계획이었기 때문이었
다.

나는 예전에 녀석이 보여 주었던 희생에 기대를 걸어,
감추지 않고 말했다.

우리는 서로가 서로에게, 정말로 달라져야만 한다.

"혈마의 백(魄)을 깨워낼 생각이다. 너와 나 그리고 혈
마까지 합심한다면, 이 위기를 극복할 수 있을 것 같지 않
은가?"

그러자 흑천마검은 낮게 욕지거리를 뱉는 듯한 얼굴로

변했다.

녀석은 잠깐 조용해지는 것 같더니, 오랜만에 진지한 눈빛을 띠었다. 그 모습은 그동안에 비해 조금 특별한 것이었다.

적개심이 느껴지는 것도 아니고 어떤 꿍꿍이를 생각해내고 있는 것도 아닌 것 같았다.

무슨 생각을 하는 것일까.

그러던 문득, 녀석이 조용히 뇌까렸다.

— 알아버렸군.

"왜 언질을 주지 않았지?"

말이 나온 김에 물었다.

"그게 네 녀석에게는 좀 더 유리하게 작용됐을 것이다. 그랬다면 나는 명왕단천공을 수련할 생각을 조금도 하지 않았을 것이다."

당시에 녀석이라면 충분히 나를 속일 수 있었다. 명왕단천공을 완성하면 귀신이 깨어난다고, 그게 너를 잡아먹을 거라고.

아니면 십이양공을 대성하던 순간처럼 그 찰나를 노리고 있었던 것인지도 모르겠다고 생각했지만, 녀석의 말은 또 달랐다.

— 애송아. 네놈이 잘 익도록, 이 몸이 얼마나 많은 공

을 들였는지 아느냐? 그런데 또 도망가게 둘 성싶으냐?
안 되지. 안 돼. 네놈만큼은 이 몸의 품에서 도망갈 수 없
다.

내 전신을 위아래로 빠르게 훑은 녀석은, 마치 갈증이
심한 사람처럼 보였다. 비로소 나는 녀석의 알 수 없었던
속내를 읽을 수 있었다.

"역시, 전대교주들은 모두 도망친 것이었구나. 네 녀석
으로부터. 그리고 혈마로부터."

그들의 선택이 이해가 간다.

그러나 나는 그들보다는 더욱 멀리 왔다. 후대로 모두
떠넘겨 버리기에는.

— 그런데도 박쥐 같은 그놈을 깨워 내겠다는 것이고?

흑천마검은 혈마를 박쥐 같은 놈이라고 불렀다.

— 박쥐 놈과 함께 이 몸을 도모하시겠다? 크큭…… 크
크크……. 대체 어디서 오는 자신감이냐. 이 몸이 그걸 두
고 보고만 있을 성싶으냐.

나는 고개를 저었다. 그러고는 녀석에게 진심이 닿기
바라면 입술을 뗐다.

"아직도 모르겠는가. 네 녀석과 함께 그놈을 도모하겠
다는 것이다. 어디 그놈뿐일까. 드래곤, 마신, 인과율. 전
부 네 녀석과 내 적들이지."

— 킥.

녀석이 짧게 웃었다.

— 이 몸께선 네 녀석을 구명해 주었다. 한데 또 희생을 바래? 너희 하찮은 것들은…….

"안다. 그러니 이번만큼은 전적으로 네 결정에 달린 것 같구나. 물론 우리는 친구가 될 수는 없을 것이다. 하지만 공통의 적이 있는 한, 동지(同志)는 될 수 있지 않겠는가. 난 너무 지쳤다. 네 녀석과의 싸움은……."

흑천마검의 얼굴을 와락 구겨졌다.

"아무래도 가장 큰 적은 인과율은 되겠지. 이 지긋지긋한 운명을 떠맡긴 근원(根源). 그런데 과연 우리는 거기에 대항할 수나 있을까."

나는 어둠 너머로 시선을 돌리며 말했다.

"알고 싶지 않으냐. 무엇이 우리를 이렇게 만들고 있는지."

— 애송이 네놈…….

날 서 있던 흑천마검이 갑자기 조용해졌다.

*   *   *

지루하고도 무료한 시간의 연속.

그래도 고독하지는 않았다. 인력의 흐름 하나를 특정해 몸을 내맡긴 상태로 시간만 흘러갈 뿐이라지만, 곁에는 녀석이 있었다.

동지가 되자는 내 제안에 흑천마검은 부정도 긍정도 하지 않았다.

하지만 그것이야말로 흑천마검다운 긍정의 표현으로 생각됐다. 어쩌면 녀석이야말로 완전히 깨져버리던 그날, 이 깨달음에 먼저 이르렀었을 수도 있었다. 참을 수 없을 만큼 기뻤다.

드디어 어떤 세상으로 이끌리려는 순간이 찾아왔다. 느닷없이 빨라지려는 흐름을 느끼자마자, 바로 몸을 빼냈다.

그러자 흑천마검도 덩달아 빠져나왔다.

왜?

녀석이 그런 눈빛으로 나를 쳐다봤다.

"나는 들어갈 수는 있어도 나오기는 어려울 것 같다."

아무것도 보이지는 않지만, 거기에서 빨라진 흐름을 의식하며 말했다.

어떤 세상으로 떨어질게 될지 모른다.

또한 그곳에 성 마루스나 중원에서처럼, 공허를 관통하는 통로가 있으리란 보장이 없었다. 만약 있다고 해도, 그것을 찾아내는데 많은 세월을 보내야 할 것이다.

— 아주 대단한 상전 나셨군.

흑천마검이 빈정거렸다.

하지만 그러면서도 빠져나왔던 흐름 안으로 다시 되돌아가는 것이었다.

녀석이 사라졌다.

나는 녀석이 돌아오길 기다리면서 감각을 다시 살폈다.

어떤 사물 없이 온통 어둠뿐인지라, 시각만으로는 극한의 시간대가 확인되지 않기 때문이었다. 꽤 오래 지난 후, 고독에 사무칠 무렵에 마침 녀석이 돌아왔다. 몹시 반가웠다.

날 보자마자 큭큭거리며 웃는 괴상한 미소까지도 그리 기분 나쁘게 느껴지지 않는 것을 보면 반갑다, 그 말로밖에는 형용할 말이 떠오르지 않는다.

— 여전히 정력만 낭비하고 있군. 애송아. 여기는 시간이란 게 없는 곳이다.

녀석이 근엄한 척 말했다. 즉, 중원의 시간이 흘러가지 않는다는 뜻이었다.

그러나 그 말은 우리가 처한 상황의 잔혹함을 더욱 분명하게 드러내고 있는 말이기도 했다. 우리는 온 세계와 철저히 동떨어진, 없는 존재가 되고 말았다.

— 너희 하찮은 인간들이 꼭 있어야만 하느냐?

"없었나 보군."

상념에서 벗어나며 대답했다.

— 네놈이 말한 기운, 그건 인간 나부랭이들만 지니고 있는 게 아니다.

"하지만 내가 필요한 연결 고리는 인류 안에서만 찾을 수 있는 것이다."

— 성가신 놈.

"어떤 세계였지?"

— 궁금하느냐?

"솔직히."

— 그리 궁금하면 네놈이 갔다 올 일이지.

"지적 생물체는 있었나?"

— 너희 하찮은 것들보다는 훨씬 고등한 것들이 있긴 하더군.

거짓말이다. 녀석이 장난치고 있다는 게 보였다. 원시적인 세계였거나 아예 생명체가 존재하지 않는 곳이었던 모양이다.

무시하고 다음 질문을 던졌다.

"어느 차원이었지?"

— 이 위대한 몸께 예속된 곳이었다.

"옛 기억이 전부 떠오른 것인가? 하나였을 때의 기억들 말이다."

— 애송아. 성가시게 굴지 마라.

"마신에 대한 단편적인 기억들뿐인 모양이군."

— 큭.

흑천마검은 혈액이라 할 것도 없으면서도, 혈압이 오르는 것만 같은 반응을 보였다. 신경질적으로 미간을 찌푸리는 녀석이었다.

— 정말이지 귀여워해 줄 수 없는 놈이란 말이지. 네놈은.

나는 표정 없는 얼굴을 겨우 유지하면서 방향을 틀었다.

다른 인력의 흐름을 찾아 헤맸다.

그리고 끈과 같은 그것들 중 하나를 발견해, 마찬가지로 새로운 세계로 이어지는 순간에 흑천마검을 보냈다.

있었는가?

흑천마검이 돌아오면 어김없이 나는 그런 눈빛을 던졌다. 그러나 돌아오는 흑천마검의 눈빛에는 짜증만 잔뜩 섞여 있을 뿐이었다.

우리는 계속 헤매고 다녔다. 수없이 많은 실패를 반복한 끝에, 흑천마검이 다른 눈빛을 가지고 왔을 때가 있었다.

"찾았군."

내가 말했다.

— 위대한 이 몸께서 하찮은 인간들 따위를 찾아 헤매고 다닐 줄이야. 갈기갈기 찢어 버려도 시원찮을…….

그 대상이 인과율일 수도 있고 내가 될 수도 있을 것이다.

어쨌든 흑천마검도 짜증을 내지만, 비로소 찾아내 시원하다는 기색이 역력했다. 나도 꽤나 지쳐 있는 상태였다. 무력감이 끈적끈적하게 달라붙어, 아무리 노력해도 떨어지지 않을 만큼 말이다.

— 가자

녀석이 재촉했다.

"기다려. 문명의 수준이 철기 이상인가?"

돌아오지 않는 대답이 불길하게 느껴졌다.

아니나 다를까, 금방이라도 폭발할 것 같은 흑천마검의 표정을 보니 이번에도 틀렸다.

— 네놈이 가르쳐 주면 될 것 아니냐. 불이든! 바퀴든! 문자든!

이해해 주길 바란다.

그런 비슷한 마음을 담아 고개를 천천히 저었다. 하지

만 소용이 없어서, 흑천마검의 화가 가라앉기까지 나는 녀석이 퍼붓는 온갖 악담들을 가만히 감당해야만 했다. 흑천마검이 겨우 진정하고, 우리는 다시 새로운 끈을 찾아 헤맸다.

실패의 연속이었다. 문명을 이룩한 세상이 그렇게 흔한 게 아니라는 것쯤은 알고 있었다. 그러나 문명을 이룩한 세상을 찾아냈어도 그 세상이 인류가 아닌 경우까지 감안한다면, 철기 이상의 문명을 이룩한 인류가 존재할 확률은⋯⋯.

나도 흑천마검도 완전히 지쳐서 포기를 말하기 시작할 무렵.

우리는 하나의 세상을 더 발견해냈다.

— 여기에 있었군.

"찾았는가?

— 그래. 찾았느니라.

한 줄기 빛이 어둠만이 끔찍한 공간을 뚫고 내 얼굴을 향해 쏟아지는 것 같았다. 그런데 흑천마검의 몹시 묘한 표정이 시선 안으로 들어왔다.

다급한 마음을 진정시키면서 물었다.

"무엇이 문제인가. 다른 차원이었나. 마신의?"

마신 따위는 언급도 하지 말라는 듯, 흑천마검의 입꼬

리가 씰룩였다.

아니라는 소린데.

"철기 이상의 문명을 이룩한 인류가 사는 곳인가?"

다시 확인했다.

— 네놈 조건이 얼마나 까다로운지 알고나 있다면, 기뻐하기만 하거라. 덩실덩실 춤을 춰도 부족할 지경에.

흑천마검이 잠깐 진정하고서 마저 말을 마쳤다.

— 그곳은 네놈 조건에 충족하다. 하찮은 인간들이 득실득실해.

한데 꺼림칙한 기분을 떨칠 수가 없다.

그때, 녀석이 그런 내 표정을 읽어 외쳤다.

— 가 보면 알 것 아니냐! 여기도 아니라고 한다면, 그냥 다 집어치워. 네놈 조건에 이토록 딱 맞는 곳을 또 찾을 수 있을 것 같으냐? 이리도 무한한 곳에서?

납득할 수밖에 없을 것 같았다.

사실 철기 문명 이상을 이룩한 인류의 세상을 찾아낸 건, 불가능에 가까운 일이었다. 그리고 또 다른 세상을 또 찾아 헤매기에는 우리가 겪어온 인내와 고독은 정말로 길고 길었다.

"고생했군……."

나는 깊은 한숨을 내쉬는 것처럼 말했다.

— 그렇다면.

"가자."

— 낙점(落點)!

흑천마검이 종소리를 울리듯, 마지막 소리를 냈다.

〈다음 권에 계속〉